Popper

Drei Jugendlichen aus den bayerischen Alpen gelingt zu Anfang des 21. Jahrhunderts die Erzeugung eines Geschöpfes, das biologische und künstliche (und literarische) Intelligenz in sich vereint. Zur selben Zeit bricht in Süddeutschland eine Seuche aus, welche die Menschheit existenziell herausfordert. Die Ressourcen werden knapp, ein Krieg beginnt, und das irdische Leben tritt in eine neue Phase ein.

JONAS JANSON

Popper

Bibliografische Information der Deutschen Nationalbibliothek

Die Deutsche Nationalbibliothek verzeichnet diese Publikation in der Deutschen Nationalbibliografie; detaillierte bibliografische Daten sind im Internet über

http://dnb.d-nb.de abrufbar.

Umschlagabbildung L. Jonasson

Umschlagdesign, Satz, Herstellung und Verlag:

BoD - Books on Demand, Norderstedt

ISBN 978-3-74603022-7

Für meine Kinder

Inhalt

Erster Teil:

»Vom Gorilla bis zur Vernichtung Gottes.«

Zweiter Teil:

»Von der Vernichtung Gottes bis zur Verwandlung des physischen Menschen.« –

Kornschnaps!

Gottfried Benn

Kapitel 1: Vorspil

Mein Name ist Tristan Trusheim.

Ich habe beides gegoogelt: »Tristan« kommt aus dem Keltischen, abgeleitet von *drest* bzw. *drust*, und bedeutet Waffen-Lärm. FYI. *For your information.* Seit Richard Wagner, einem Songwriter von vor über tausend Jahren, wird Tristan in der Kunst aus dem Französischen abgeleitet, von »triste« – traurig, und ich glaube, das trifft es in meinem Fall besser. Bei »Trusheim« zeigt mir Google irgendeinen *Comedian,* den keiner kennt.

Ich bin tatsächlich eine traurige Figur. 17 Jahre alt. Ein soeben sitzengebliebener Außenseiter in der Schule, kein GF, *girl friend*, abgebrochener Fußballspieler, *Loser par excellence*, der sich hauptsächlich in den virtuellen Welten bewegt. Fett werde ich dabei nicht, denn ich esse kaum noch etwas. FUBAR. *Fucked up beyond all repairs.*

*

Ich habe einen Bruder, Niclas, Nicky, der ist das glatte Gegenteil von mir selbst. 15 Jahre alt, eine Granate, Bayernauswahl, Top *Scorer*, Klassenprimus, und schon jetzt kriegen die Mädchen feuchte Augen, wenn sie in seine Richtung blicken. Obwohl er noch kein einziges Schwanzhaar hat. FTW. *For the win.*

KP, kein Plan, warum die Natur ihre Gaben und Talente so ungleichmäßig verteilt. Schon immer war das so, seit ich denken kann: Als wir Skifahren lernten, war ich noch im Grundschwung unterwegs, während Nicky bereits im Parallelschwung die steilsten Hänge herunter *scillte*. Wenn wir früh morgens mit meinem Vater auf einen Berg stiegen, war ich lustlos, motzig und träge, er schnell und hellwach. Er bringt nur Einser und Zweier aus der Schule nach Hause, ich nur Fünfer und Sechser. Er ist blond, ich dunkelhaarig. Manchmal glaube ich sogar, dass mein Vater ihn mehr liebt. Papa hat eine andere Stimme, wenn er mit ihm spricht, und er sieht ihn mit anderen Augen an. Zärtlich, voller Stolz. Ich bin kein bisschen eifersüchtig, ehrlich, ist ja mein Bruder, ich gönne ihm das. Nur manchmal würde ich mir denselben Blick und dieselbe Stimme meines Vaters eben auch wünschen, wenn er mich ansieht. Bin immerhin genauso sein Sohn. Dabei sehe ich ihm gar nicht ähnlich. Ich braunhaarig, er blond (bzw. jetzt grau, ROFL, *rolling on floor laughing*), ich dünn und lang wie eine Bohnenstange, er mittelgroß und athletisch (setzt allerdings jetzt auch ein wenig Fett an, haha, selbst an meinem Vater geht die Zeit nicht spurlos vorüber). Ja, ich sehe meiner Mutter ähnlich. Sie ist auch dunkelhaarig, und sie ist sehr hübsch. Beziehungsweise – sie war sehr hübsch, denn jetzt wird sie alt. Sie stammt aus dem Alpenvorland. Wahrscheinlich ist irgendwann in der Vergangenheit ein Italiener über den Alpenkamm gestiegen und hat meine Urururgroßmutter gepoppt. Oder so. Wer weiß?

Vielleicht ist auch die Enge des Alpentals, in dem meine Mutter groß wurde, mein Verhängnis. Vielleicht ist mein Horizont aus genetischen Gründen so beschränkt, viel-

12

leicht bin ich deshalb faul und träge und falle schleichend der Flachbildschirmverblödung zum Opfer. Als DAU, dümmster anzunehmender *User* sozusagen. Ich kann eben nur noch mit dem Finger Bilder von der einen zur anderen Seite wischen, zu mehr Aktivität fehlt mir schlichtweg die Kraft. Das heißt: Für einen Mausklick reicht es natürlich. Den brauche ich für meine *E-Games*. Ludologie, *let's play*! Nachdem ich im Fußball der realen Welt keinen Erfolg hatte, habe ich mich dem Fußball der virtuellen Welt zugewandt. FIFA. Hier bin ich mein eigener König. Die Frauen jubeln mir zu. Eine sieht aus wie Sonja, ein Mädchen in meiner Klasse, in das ich mich verliebt habe. Sie will nichts von mir wissen. *Surprise*. Ich gebe den Spielern Zeichen. *Left! Right! Forward! Back! Fire! Score! Goal!* Manchmal stehe ich neben mir, sehe mich auf meinem Hocker sitzen, in einen *Screen* starren, *mouse-clickend, totally* absorbiert. Wie vor zwei Jahren in Las Vegas. Papa hat uns alle eingepackt und mit in eine Bar genommen. Dort saßen die Amerikaner um einen riesigen Bildschirm herum, ein *Beer* in der Hand, und schrien wild durcheinander. Basketball. *Left! Right! Forward! Back! Fire! Basket! Give it to Dirk! Give it to Dirk!* Dirk Nowitzki. Mann, war ich stolz auf diesen deutschen Baum! Überhaupt Las Vegas! Ein gigantisches Pflaster. Mitten in die Wüste gezimmert. *Skyscrapers, Trump Tower*, Spielcasino, Puff. Aber irgendwie hart. In den Spielcasinos hockten die Amerikaner vor den Automaten, glotzten auf die Zahlen, mit verblödeten Gesichtern, *ugly faces* ISTR, *I seem to recall*, als seien sie selbst zu Automaten geworden. Man muss sich an die Dinge verlieren können, um ihnen etwas abzugewinnen. Das haben sie alle geschafft. Frage allerdings, POV, *point of view*, ob es ein Gewinn ist oder nicht. Verloren haben sie sich, verloren waren sie in der Tat. Ich habe Ehepaare gesehen, die, mit grauen Gesichtern nebeneinandersitzend, ihr Hab und Gut in die Spielautomaten verpulverten. Unsere Taxifahrerin hat erzählt, dass sie als junge Frau in einem Bordell arbeiten musste, weil sie alles verspielt hatte. Damals in Amerika war ich fünfzehn Jahre alt, ich habe die Gefahren erkannt und verstanden. Trotzdem befinde ich mich jetzt im freien Fall. Mein Computer frisst mich auf. Wir werden eins.

*

Mama und Papa machen sich vielleicht Sorgen. Das wäre ja völlig normal. Mamas und Papas machen sich immer Sorgen. Bis sie tot sind. Dann können sie sich keine Sorgen mehr machen.

So haben sich meine Urgroßeltern um meine Großeltern Sorgen gemacht, meine Großeltern um meine Eltern, meine Eltern um mich. Und so werde ich mir um meine Kinder Sorgen machen. Falls es dazu kommt. RL, *real life*, Ihr wisst schon. Eigentlich will ich keine Kinder haben. Aus mehreren Gründen.

Erstens: Man muss dazu eine Frau finden. Der Computer hilft dabei nur bedingt. Die *Parship*-Frauen sehen zwar in der virtuellen Welt gut aus, aber wenn man sie dann bei Tageslicht irgendwo trifft, sind sie nicht wiederzuerkennen. Mit den chinesischen Sexpuppen ist es zwar super, aber es gibt eben keinen Nachwuchs. Jedenfalls noch nicht. Vielleicht irgendwann mal. 143, *I love you*. Und dann kommt ein *Cyborg* dabei heraus. Zweitens: Wenn die Rotzlöffel endlich da sind, hat man keine ruhige Minute mehr. Seh' ich an meiner Tante und ihrem Sohn David. Die reinste Fress- und Scheiß-maschine. Brüllen, fressen, schlafen, kacken, Windeln wechseln. Und wenn das kleine Monster ein einziges Mal die Mundwinkel zu einem Lachen verzieht, tun alle so, als läge das Christkind persönlich in der Krippe. FML. *Fuck my life*. Drittens: Nachher kommt so ein Typ wie ich dabei heraus, BOFH, *bastard operateur from hell*. Nein, ich will keine Kinder haben.

*

B2K. *Back To Keyboard*.

»Wo fass ich dich, unendliche Natur? Euch Brüste, wo?«

Stammt von Goethe, einem Rapper, hat vor mehr als tausend Jahren gelebt. Oder so. Hab' ich gefunden, als ich das Wort »Brüste« gegoogelt habe. Krass. Man denkt an Titten, und dann kommt so was dabei heraus. Dabei hat der alte Rapper auch an nichts anderes gedacht als an Titten, als er das geschrieben hat. Da bin ich sicher. Er hat nur so getan, als würde er sich um die Natur im Ganzen bemühen. Dabei wollte er eigentlich nichts anderes tun, als Titten grapschen. Zugegebenermaßen: Er hat es schöner ausgedrückt. Grats. N1. *Nice one*. Ob die Frauen so was vor tausend Jahren gut fanden? Was würde Sonja wohl dazu sagen? »WTF ... du Loser«, würde sie sagen. Dann würde sie sich eins ablachen. ROFL, YMMD, *you made my day*. 143. Ach, Sonja.

Ich habe den Rapper noch ein bisschen weiter gegoogelt. TBH, *to be honest*: Der hatte echt was drauf. Manche von den Songs, die er geschrieben hat, können sogar heute noch mithalten. Mit Rag'n' Bone Man und so. Zum Beispiel der Plot von dem Opa, der mit dem Teufel wettet, dass er am Ende selbst der Schlauere ist, F2F, *face to face*. Erst wird er auf diese Weise noch einmal jung, poppt eine Braut, die er nachher wieder sitzen lässt, dann wird er reich, königlich reich, und schließlich treibt er's mit der schönsten Frau Griechenlands. Am Schluss stirbt er dann zwar auch, wie eben alle Menschen, aber er kommt trotzdem noch in den Himmel, obwohl er's wirklich toll getrieben hat. Und der Teufel geht leer aus. IMHO, *in my humble opinion*, so was musst du dir erst mal einfallen lassen. Genial. Und diese Sprache! Ist zwar total abgefahren, aber irgendwie auch modern, expressiv, *stunning*. »Blut ist ein ganz besonderer Saft.« Kann man wohl sagen. »Alles Vergängliche ist nur ein Gleichnis.« Sehe ich auch so. Ganz einfach: Biologie verschwindet, Technik bleibt. Hat der alte Rapper Goethe damals schon vorausgesehen, sogar den *Cyborg*, er hat ihn allerdings »Homunculus« genannt. Ein künstlicher Knirps, der sich auf den Weg macht, die natürlich (per Sex) geschaffenen Menschen abzulösen. *Delete*. EOT, *end of transmission*. So wird es kommen, NPOV, *neutral point of view*, da sollen die sich alle in ihre konservative Watte betten, so viel sie wollen. *Cyborgs* und Homunculi können auch besser zum Mars fliegen und irgendwo anders hin. Und das ist richtig wichtig, weil die Erde nämlich irgendwann total kaputt ist, wenn es so weiter geht mit dem Klima und den Atomwaffen und Donald Trump und so. FUBAR sozusagen. Dann müssen die Menschen alle weg, auf den Mars oder sonst wohin, aber ich glaube, das geht eben erst, wenn wir unsere Gehirne auf Computer herunterladen und uns der Physis entledigen können. Eine Art neurodigitale Transformation. AISI, *as I see it*, ist das die Voraussetzung? Denn mit unserem armseligen Körper kommen wir im Universum leider nicht weit. Aber wie soll das gehen? KP. Arbeite dran. BBIAB, *be back in a bit*.

*

Ich habe mit Nicky über die neurodigitale Transformation gesprochen. Er findet, das ist Quatsch. Klar findet er's Quatsch, dem geht's ja auch gut. Im Gegensatz zu mir. Der hat eben nur seinen Fußball im Kopf, die Mädchen, die Schule und sonst nichts. Der ist mit seiner Gegenwart komplett versorgt. Muss nicht irgendwohin abspacen. In keine digitalen Welten und kein Universum. Der ist da zufrieden, wo er ist. Da trifft er sich mit den Nachbarsmädchen, da fährt er mit seinen Fußball- kameraden zum *Camp* nach Südtirol, da rennt er durch die Berge, und da kämpft er mit Physik und Mathema- tik. Total langweilig, mein Bruder. Immer zufrieden. Immer konform.

Selbst der Rapper Goethe fände das langweilig. Sein

Opa, den er aus irgendeinem komischen Grund »Faust« genannt hat, ist ja selbst als großer Professor im Studierzimmer noch unzufrieden. Beschwört den Erdgeist herauf, ergibt sich der Magie, will lieber in die Natur, statt in seinem Studierkerker Totenschädel anzustarren. Und dann wettet er mit dem Teufel, dass er niemals zufrieden sein wird – egal was der mit ihm anstellt. Das nenn' ich Größe. Nie zufrieden sein, nicht mal als Professor Opa. Kicken und Weiber – so toll ist das nämlich gar nicht. Kann jeder. Aber AI, *artificial intelligence, brain* auf Computer, das ist ein Fortschritt. *Leet.* 1337.

*

BTB! *Target: Brain on Computer. Tools*: Tristan, Kabel für elektromagnetisches *Mapping*, mein Zimmer.

Ich habe mir eine große Menge bipolarer Kabel zugelegt, über *mobile apps*, die fixiere ich mir jetzt überall am Kopf, über dem Gehirn (falls vorhanden), und leite die empfangenen Signale auf meinen Mac ab. Mal sehen, was der damit anstellt, AI, irgendwas wird schon passieren. FML, da tun sich ein paar Fragen auf. Frage 1: Am Mac gibt es Stecker, aber an meinem Kopf? *Mkay*, SS1, *simple solution* 1: Habe mir, wie schon gesagt, Kabelelektroden zugelegt, wie beim EKG, nicht ganz billig, aber Daddy hat's ja. Natürlich stellt sich jetzt ganz schnell die nächste Frage. Frage 2: Das Gehirn sitzt normalerweise unter den Haaren, *shit happens*, und wie sollen die Elektroden auf meinen braunen Locken kleben bleiben? SS2: Der Kopf wird rasiert. Meine Mutter wird sich wundern.

Aber soll sie ruhig. *Rekt, wrecked*. Nur Kinder wie Niclas, schlau, schön, erfolgreich, das ist *easy*. Aber ein Sohn, der sich die braunen Locken bis auf die Kopfhaut abrasiert, um bipolare Elektroden übers Hirn zu kleben – da wird's langsam spannend. *True challenge*. Geschieht den Spießern recht. Arzt mein Daddy, *Lions Club*, Professor – alles von vorgestern. Außerdem ist meine Mutter sowieso nur mit sich selbst beschäftigt. Mit dem scheiß Altwerden. TFAC, *time for a change*. Also: Rasierapparat (hab schon einen), und eine Locke nach der anderen muss fallen. Gar nicht so einfach vor dem Spiegel, alles seitenverkehrt. Aber es geht. Die braunen Locken zieren die Badezimmerfliesen. Schade eigentlich, habe schöne Locken. OMFG, *oh my fucking god*, bin gespannt, was Sonja sagt. Irgendwie sehe ich jetzt aus wie der Typ, der im Youtube-»Faust« den Teufel spielt. Hab' ich mir komplett angesehen, JFTR, *just for the records*. Sieht böse aus – und schwul. Schwul und *cool*. Professor Opa Kopf nach oben, Teufel Kopf nach unten, echt *crazy*. Was würde Sonja dazu sagen? Was wird Sonja dazu sagen?

Okay, wir sind heute zwei wichtige Schritte weitergekommen, mein Computer, mein Gehirn und ich. EOBD, *end of business day*.

*

Sonja hat mich in der Schule immerhin bemerkt. »OMFG, wie siehst du denn aus? *Creepy, NSY, never seen yet*!«, hat sie auf dem Schulhof gebrüllt, dann hat sie sich einen abgelacht und mit dem Finger auf mich gezeigt.

BG, breite *grins*, oder auch blöde Gans. »Guckt euch den an, aus welchem Universum kommt der?« Die anderen Idioten haben mitgelacht, keiner hat sich irgendwie für mein Forschungsprojekt interessiert, keiner hat erkannt, wie wichtig das ist. Wie auch? Was soll man von diesen Dumpfbacken und *groundlings* erwarten? SNAFU, *situation normal all fucked up*. Von Idioten umzingelt. Aber immerhin: Als ich mich zurückzog, um das fehlende Verständnis meiner Mitmenschen durch wissenschaftliche Tätigkeit zu sublimieren, hat Sonja mir wohlwollend lächelnd hinterhergeblickt. Mädchen, mein Mädchen, wie lieb ich dich! (Goethe, Rapper von vor mehr als tausend Jahren).

*

Das ganze Projekt ist komplizierter als ich dachte. Zwar sehe ich auf meinem Mac ein paar *spikes and waves*, also irgendetwas aus meinem Gehirn ruft er schon ab. Aber was das soll, auf dem *Screen*, keine Ahnung. *No idea*! Viel ist es jedenfalls nicht. Die vereinzelten elektrischen Signale sprechen entweder für eine miserable Ableitung oder für eine geringe Hirnaktivität. Beides wäre schlecht für das Projekt. Richtig schlecht. Aber ich kann's ja ausprobieren.

Wie jeder gute experimentelle Wissenschaftler muss ich dabei systematisch vorgehen. Für jedes Experiment darf nur eine Variable geändert werden. Leet, 1337. SS3: Die Hirnaktivität von Niclas muss größer sein als meine, schließlich ist er viel besser in der Schule. Also, IOW, *in*

other words, Niclas muss ran an mein *High End*-Elektro-
enzephalogramm (HEEEG).

*

Wir haben lange miteinander geredet, Niclas und ich.
Viel länger als sonst.

»Was soll der Mist?«, hat er gefragt. »Was bringt das –
ein Gehirn ohne Körper? Das macht doch gar keinen
Spaß, kein Fußball, keine Mädchen. Wozu also das
Ganze? Außerdem schaffst du das sowieso nicht, niemals. Dazu bist du viel zu doof.«

Mein Bruder liebt offene Worte. Ich habe mich auf
einen philosophischen Diskurs mit ihm eingelassen.

»Du Arsch«, habe ich gesagt. »Nur weil du eine Eins
nach der anderen nach Hause bringst, musst du dir noch
längst nicht einbilden, ein Genie zu sein. Einige von den
richtig Schlauen – nicht von den Halbschlauen, so wie
du einer bist – sind miserable Schüler gewesen, SNAFUs
und FUBARs.«

»Okay, bro«, hat er geantwortet, »wer denn zum Beispiel?«

»Albert Einstein, Thomas Mann.«

Niclas lachte laut.

»Red' keine Scheiße, großer Bruder«, hat er gesagt.
»Nicht jeder, der miserabel in der Schule ist, wird des-
halb automatisch ein Albert Einstein oder ein Thomas
Mann.«

Mein Bruder liebt, wie gesagt, das offene Wort, und
ich mag das an ihm, ehrlich.

»Okay«, habe ich geantwortet, wenn du so viel schlauer bist als ich, dann müsste bei dir an meinem HEEEG ja deutlich mehr zu sehen sein als bei mir.«

»Klar – es sei denn, das Ding ist Mist!«

»Traust du dich?«

Er überlegte kurz. Er wirkte irgendwie verunsichert. Niclas und verunsichert, *pwned*. Wahrscheinlich war er aber doch nur im Zwiespalt, weil er seine blonden Locken abschneiden musste, die Mädchenfänger. Trotzdem schien ihm das Ganze irgendwie unheimlich zu sein. *Brain on Computer*. Wo führt das hin?

Ich blickte ihn an. »Du musst keine Angst haben«, sagte ich gönnerhaft. »Der Weg ist wahrscheinlich noch sehr weit.«

»Unerreichbar für dich«, bestätigte er und begann, sich seine schönen blonden Locken abzurasieren. Ich lachte und konnektierte ihn stolz mit meinem HEEEG.

Wir beide, mein Bruder und ich, begaben uns dann auf eine erstaunliche Entdeckungsreise: Nicht nur, dass seine Gehirnsignale tatsächlich anders aussahen als meine (wenn auch nicht wirklich komplexer). Nein, es gelang meinem schlauen Bruder auch noch, unsere Potenziale digital zu verarbeiten und übereinander zu lagern. *Merge files*. Niclas, das kleine Superhirn, programmierte meinen Mac so, dass die einen Potenziale die anderen elektrisch integrierten, das eine Gehirn sozusagen von dem anderen lernte. Die resultierenden Potenziale nannten wir *Trisnic*-Potenziale. SS4.

*

Am nächsten Morgen umzingelten uns die Mitschüler und Mitschülerinnen.

»Jetzt *spacen* Tristan und Niclas gemeinsam ab!«, rief Sonja. »*Bald fashion* bei den Trusheims.«

Niclas grinste sie breit an.

»Nur weil du's nicht raffst, du Zicke! Sei einfach still!« PLONK, *please leave our newsgroup, kid*! Die Anderen standen staunend herum. Hätte ich mich auch nie getraut, so mit Sonja zu reden. Aber statt sauer zu werden, schien sie irgendwie beindruckt zu sein.

»Dann erklär's mir, Zwerg«, hat sie geantwortet.

»Okay, Sonja«, sagte Niclas. »Hat was mit dem Gehirn zu tun, dem Ding unter der Kalotte, das du so selten brauchst. Mein genialer *bro* hat mit seinem genialen *bro* eine Methode entwickelt, das Gehirn auf einen Computer zu *loaden*. Und wenn du willst, *sis*, kannst du mitmachen.«

»ORLY; *oh really*?«, fragte sie spöttisch. »Ist das eine Einladung zu einem *date*?«

»Dafür bist du viel zu hässlich«, hat mein Bruder knallhart geantwortet.

Wäre fast in den Boden versunken. Habe ihm nie von meiner großen Liebe zu Sonja erzählt. Dachte, jetzt ist alles aus. Aber versteh' einer die Frauen. Statt sich auf dem Absatz umzudrehen und kein Wort mehr mit Niclas zu reden, wurde sie rot wie eine Tomate.

»Das stimmt aber nicht, Niclas«, sagte ich schnell. »Sonja ist doch total hübsch.«

Er zuckte mit den Schultern und ließ sich Zeit für seinen nächsten *Strike*. »Na ja, geht schon einigermaßen«, sagte er dann grinsend. Schließlich nickte er und lachte. »FACK, *full acknowledge*. Wenn du übrigens mal Lust hast, dein Gehirn hinter dem hübschen Gesicht für etwas anderes zu benutzen als für blöde Sprüche, bist du tatsächlich eingeladen, einen Beitrag zu unserem Projekt zu leisten.«

Sonja war jetzt geschmeichelt. »*Why not?*«, sagte sie und lächelte uns zu.

*

Ich kapier' es bis heute nicht, wie es dazu kommen konnte, aber eines Tages saßen wir zu dritt vor meinem HEEEG. Die Trusheim Brothers und ... Sonja! Sie ließ sich ihre blonden Haare abrasieren (mir brach es das Herz, ihren Kopf kahl zu scheren) und wir konnektierten sie mit unserer Erfindung. Ihre elektrischen Potenziale sahen völlig anders aus als unsere. Während Niclas und ich die *Peaks* zu Beginn und Ende der Skala auf den Bildschirm plotteten, waren bei ihr die höchsten Ausschläge in der Mitte zu verzeichnen, eine breitflächige AuC, *Area under the Curve*. Niclas und ich waren natürlich sofort davon überzeugt, dass dieses Bild etwas mit den männlichen und weiblichen Geschlechtsorganen zu tun habe, die sich in der neurodigitalen Transformation prominent in den elektrischen Signalen abbildeten.

Aber Sonja widersprach: »SMH, *shaking my head*. Wenn euch nichts Originelleres einfällt, um diese Unterschiede zu erklären, wird das nie etwas mit eurer *Brain on Computer*-Idee, eurer BOC-Idee.«

Niclas lachte. »Wie immer triffst du den Punkt, Sonja«, sagte er. »Und damit das Projekt nicht an unserer intellektuellen Einfalt scheitert, haben wir uns entschlossen, die elektrischen Signale zu entindividualisieren und Summationspotenziale zu erzeugen. Schau her!« Niclas verarbeitete seine, Sonjas und meine Signale mit seinem Algorithmus, SS5, die *TrisNicSon*-Potenziale entwickelten sich vor unseren Augen. Wir betrachteten gespannt den Bildschirm.

»LMAO, *laughing my ass of*«, rief Sonja fasziniert aus. »Was geht jetzt da ab? Elektrische Berge, elektrische Täler, *ups and downs*, hätte gar nicht gedacht, dass ich eure Gehirnaktivitäten so durcheinanderwirbeln kann.«

Sie grinste triumphierend. Und in der Tat lief vor unseren Augen ein bizarres Schauspiel ab. Die EEGs schienen miteinander zu ringen, ein elektrischer Geschlechterkampf um die höchsten Ausschläge, um interindividuelle und intersexuelle Dominanz, wer steigt am höchsten, wer fällt am tiefsten, die mythenalte Fremdheit von Frau und Mann, Tanz der Geschlechter – oder was? Oder was? Was sahen wir hier vor uns? Was bedeutete das? Die Signale wollten nicht zur Ruhe kommen.

Die Graphik hielt an und verschob sich, hielt an und verschob sich erneut. Sie zitterte und wand sich in elektrischen Qualen. Niemals hätte ich vermutet, dass die Fusion der Gehirnpotenziale von Frau und Mann zu solchen Konflikten führen würde, Archetypen bildeten sich ab, eine neurodigitale Transformation der Kämpfe von Amazonenheeren, Satyrn und Silenen, Harvey Weinstein versus Gwyneth Paltrow, hundert Millionen Jahre

Genetik elektrisch visualisiert. Es dauerte eine geschlagene Dreiviertelstunde, in der wir blöde und gebannt auf den *Screen* starrten, dann kehrte endlich langsam Ruhe ein. Wir waren längst verstummt und blickten mit offenen Mündern in den Bildschirm. Die Peaks waren steiler und höher geworden, die AUC hatte sichtlich zugenommen.

Sonja erholte sich als Erste: »Irgendwie ist das insgesamt substanzieller geworden«, sagte sie lächelnd. »Ob das wohl an mir liegt?«

Niclas grinste: »Unsere immer bescheidene Sonja«, sagte er fast zärtlich.

Ich blickte von ihr zu ihm und wieder zurück: »Wenn ihr euren *emotion clip* beendet habt – wie machen wir dann weiter? Ich sehe zwei Qs and Ps, *questions and problems*: Erstens, brauchen wir noch mehr *bald heads*, BHs (hier grinste ich)? Und zweitens, was machen wir mit unseren Summationspotenzialen? Im Computer nützen sie uns nichts.«

Wir blickten uns nachdenklich an. Das ging so ein paar Minuten.

»Du triffst den Nagel auf den Kopf, bro«, sagte Niclas schließlich. »Was haben wir eigentlich davon, unsere Gehirne zu digitalisieren und ihre elektrischen Aktivitäten in das Dualsystem zu zwingen?«

»Primär gar nichts«, antwortete Sonja lachend. »Das hättet ihr euch aber vorher überlegen können, ihr *noobs*.«

»Na ja«, sagte ich nachdenklich. »Theoretisch ist es ziemlich einfach. Wenn wir unsere Potenziale aufsummieren und anschließend die gesammelte Information in Aktivität übersetzen könnten: Ihr wisst schon – eine Maschine, ein Roboter, ein Homunculus, wenn ihr versteht, was ich meine.«

»Klar verstehe ich Homunculus«, sagte Sonja stolz. »Kommt von homo und heißt »kleiner Schwuler«. Aber warum muss der Roboter gleich schwul sein?«

Ich schüttelte den Kopf. »Der Roboter muss nicht schwul sein, Sonja. Homunculus ist eine Figur im »Faust«, geschrieben von Johann Wolfgang von Goethe.«

Sie schaute mich fragend an.

»Ein Rapper von vor mehr als tausend Jahren.«

Sie zuckte verständnislos mit den Schultern.

»Eine Art *Influencer*«, sagte Niclas.

»*Cool*«, antwortete Sonja, völlig desinteressiert.

Niclas überlegte: »Aber vorausgesetzt, wir haben hier wirklich die Summe unserer Gehirnaktivitäten im Computer – welcher Roboter sollte in der Lage sein, die Signale wieder in Lebensäußerungen umzusetzen?«

»Ein *Humanoid*«, sagte ich.

»HDF, halt die Fresse! Oder vielleicht kannst du alternativ ja mal so reden, dass man dich versteht«, rief Sonja aus. »Ein Humanoid. Was soll das denn schon wieder sein?«

Ich war beleidigt über den rauen Ton. »UTFSE, *use the fucking search-engine*«, antwortete ich patzig.

Niclas beschwichtigte: »Hey, *keep cool, bro*. Ein *Humanoid* ist ein menschenähnlicher Computer«, erklärte er Sonja.

»Eine Alexa, eine Sexpuppe, oder was?«, fragte sie.

»Nein«, antwortete ich. »Letzteres sicher nicht. Es kreist

nicht alles immer nur um ein Thema, Sonja. Alexa schon eher. Aber dieser Computer müsste viel mehr können, als nur das Licht an- und auszuschalten.«

»Alexa kann mehr«, sagte Sonja. »Sie kann Musik abspielen, Befehle empfangen, sie kann dir auf Englisch etwas über Südafrika erzählen, kann eine Art Freundin sein, wenn du abends alleine zu Hause bist.«

»Oh, FML, einsame Herzen.« Niclas blickte Sonja spöttisch an. Sie lächelte verlegen.

»Na ja, auch wenn es nicht so wirkt – aber das sind wir doch alle ab und zu, oder?«

»*No emotions, please*«, sagte ich und gab mir Mühe, mit fester Stimme zu sprechen. Innerlich war ich erstaunt über ihren Anflug von Sentimentalität. Unsere coole Sonja und Einsamkeit? War mir da etwas entgangen? Die Gründe meiner Verliebtheit kannte ich gut. Sie waren vor allem rund. Aber gab es auch Gründe für Sympathie? Ich blickte sie von der Seite an. Sie hatte plötzlich eine Andeutung von Tränen in den Augen. IOW: Versteh einer die Frauen. »Es ist so geheimnisvoll, das Land der Tränen«, hat irgendein Franzose vor tausend Jahren seinen kleinen Prinzen sagen lassen. Daran musste ich jetzt denken. Warum um alles in der Welt heult ein starkes, schönes Mädchen rum, wenn über Alexa gesprochen wird. Das ist sentimental und albern.

Ich ignorierte ihre Tränen. »Nein, nein«, fügte ich hinzu. »Alexa bringt gar nichts. Es muss etwas sein, das aussieht wie ein Mensch, sich bewegt wie ein Mensch, fühlt wie ein Mensch, lernt wie ein Mensch – aber alles

28

eben viel, viel schneller. Es muss ein rasant selbst lernendes System sein.«

Sonja hatte sich wieder gefangen. Sie lächelte mich an: »Du spinnst, Tristan!«, sagte sie.

Ich nickte. »EOBD, *end of business day*«, antwortete ich.

*

Am nächsten Tag bestellten wir im Internet den teuersten und besten Humanoid-Computer, der kommerziell erhältlich war. »Scheiß auf den Preis, Papa hat's ja«, sagte ich zu Niclas. Er blickte ein wenig skeptisch. »Lass uns wenigstens kurz mit Mama reden«, antwortete er. Aber Mama hatte gerade anderes zu tun. Sie wollte nach Lindau fahren, um sich die Lippen aufspritzen zu lassen. »Macht, was ihr wollt«, sagte sie. »Geile Frisuren übrigens.« Dann rauschte sie in ihrem Sportwagen davon.

»OMFG, habt ihr eine coole Mutter«, rief Sonja verzückt aus.

»Kann man so oder so sehen«, sagte ich.

»Wieso, was gibt's zu beanstanden?«, fragte sie neugierig.

»Kein Wort zu unseren *bald heads* zum Beispiel«, antwortete Niclas nachdenklich.

»Sie hat doch eben gerade gesagt, dass sie eure Frisuren cool findet«, widersprach Sonja.

Ich zuckte mit den Schultern: »Na ja, drei Tage später eben«, sagte ich. »Vorher hat sie's gar nicht gemerkt.«

»Phh, ihr habt's schon schwer, *bros*«, lachte Sonja herablassend. »Meine Mutter hat vor fünf Jahren meinen Vater verlassen und ist mit ihrem Guru weggezogen.«

Wir schauten betroffen zu Boden.

»Warum das?«, fragte Niclas.

»Um ihr *Moksha* zu erreichen«, antwortete sie und fügte angesichts unserer fragenden Blicke genervt hinzu: »Fragt einfach nicht mehr weiter, okay!«

»Klingt aber schon *creepy*«, sagte ich.

Sonja schüttelte heftig den Kopf. »Voll Standard mittlerweile. Schaut euch doch mal um. Beziehungskrisen überall, und der Rest tindert durch die Lande. Da muss man froh sein, wenn man überhaupt noch eine Mutter hat.«

Ich nickte und dachte, dass Mama und Papa ihre besten Zeiten wohl auch eher hinter sich hatten.

»So gesehen hast du wohl recht«, sagte ich.

Kapitel 2: Popper

Wir nannten ihn Popper. Er sah niedlich aus, klein, rund und weiß. Wie ein Schneemann mit Beinen. Schneemänner haben wir als kleine Kinder gebaut – als es noch Schnee gab. Als die Seen noch zufroren und man am Abend die wirbelnden Flocken in den Lichtkegeln der Straßenlampen beobachten konnte. Schneemänner mit drei Kugeln. Wir haben Kastanien als Augen in die oberste Kugel gedrückt. Die Kastanien hatten wir im Herbst zuvor gesammelt. Als Nasen benutzten wir immer halbierte Bananen, Möhren gab es bei uns zu Hause nicht. Wenn der Schneemann nicht taute, waren die Nasen erst gelb, dann schwarz.

Popper erinnerte mich an unsere Schneemänner aus Kindertagen. Ich hatte ihn deshalb von Anfang an sehr gerne und teilte Niclas und Sonja meine Gefühle gegenüber Popper bereitwillig mit.

»Bei AI ist Sympathie sehr wichtig«, dozierte Sonja vor sich hin. Dann fing sie an zu lachen: »Warum eigentlich Popper? Er kann doch gar nicht poppen.«

Niclas und ich schlugen die Augen zum Himmel.

»Sonja, du bist definitiv sehr unipolar«, sagte Niclas. »Eine einzige Leitung: vom Kopf in die Hose.«

»Müsst ihr gerade sagen mit eurer Kurvendiskussion, eurer AUC-Interpretation«, antwortete Sonja.

»Okay, vielleicht sind wir alle unipolar«, warf ich ein. »Vielleicht ist die ganze Erde nur um dieses eine Thema herum konstruiert. Und vielleicht ist es auch hier höchste Zeit, dass eine weitere Dimension des Denkens Einzug hält. Sonst wird es doch scheißlangweilig.«

»In fünf Millionen Jahren Menschheitsgeschichte ist es den Menschen nie langweilig geworden«, erwiderte Sonja. »Und wir hatten immer nur das: Die Männer haben Kriege geführt, sind nach Hause gegangen, haben Liebe gemacht, Kinder gezeugt, Mädchen und Jungs. Die Mädchen sind zu Hause geblieben und Frauen geworden, die Jungs sind Männer geworden, haben Kriege geführt, sind nach Hause gegangen, haben Liebe gemacht usw., usw.«

»Dann wird es höchste Zeit für einen Perspektivwechsel, einen Quantensprung des Denkens, denn es steht schlecht um das Menschengeschlecht«, warf Nicky ein.

»Na ja«, entgegnete Sonja. »Die Frauen sind ja bereits auf dem Vormarsch, *#metoo*, ihre Rolle bessert sich mit jedem Tag, die Frauen übernehmen, *thanks to* Carl Djerassi und Antibabypille, die Macht, bleiben nicht mehr nur zu Hause, warten auf ihre Begattung und ziehen die Kinder groß.«

»Oho, da kennst du dich aber aus«, bemerkte ich lächelnd.

»Welch' ein Fortschritt, Sonja«, ergänzte Niclas sarkastisch. »Du sagst es ja selbst. Schau' dir die ganzen gescheiterten Beziehungen in unserer Elterngeneration an: Zwar haben wir schon Kinder – doch bin ich noch auf *Tinder*.«

»Gescheiterte Beziehungen gab es vorher genauso viele«, antwortete Sonja.

»*Right*, Madame«, antwortete ich. »Aber auch unter den *abgefucktesten* ehelichen Verhältnissen hatten Kinder bis dahin noch einen formalen Rahmen, in dem sie geborgen aufwachsen konnten – um es selbst anders und besser zu machen.«

»SNAFU zu Hause? Eisernes Schweigen? Streit? Häusliche Gewalt? Und das alles bis zum Ende des Lebens, weil für eine Scheidung alle zu feige waren?«, fragte Sonja.

»Und jetzt ist das besser? EOR, *end of relationship*? nGF, nBF, *next Girlfriend*, *next Boyfriend*?", entgegnete ich wieder.

»Ja, vielleicht", antwortete Sonja. »Möglicherweise wird es Zeit, Beziehungen von Mann und Frau von vornherein als vorübergehende Zweckgemeinschaften zu betrachten.«

»Zu welchem Zweck, Sonja?«, fragte ich.

»Erhalt der Art«, antwortete sie prompt.

»Ja, das ist wirklich wichtig«, sagte Nicky nachdenklich. »Zumindest im Darwin'schen Sinne, zumindest rein evolutionär. Philosophisch betrachtet wäre es vielleicht besser, unter das Menschengeschlecht einen Schlussstrich zu ziehen. Es wäre besser für die Erde, besser für die Tiere, für das Wasser, für die Luft, für das Klima, für …«

»Für uns wäre es nicht besser«, unterbrach ihn Sonja.

Ich wog den Kopf hin und her: »Worüber man streiten kann. *To be or not to be* – was ist in diesem Fall wohl vorzuziehen?«

Sonja erging sich wieder in Spott: »Oho, *to be or not to be* – das habe ja sogar ich schon einmal gehört.«

Niclas grinste: »Auch wenn du's nicht wirklich zuordnen kannst, nicht wahr?«

Sonja wurde rot: »Okay, Zwerg, das stimmt«, gab sie verärgert zu.

»William Shakespeare – ein englischer Songwriter«, dozierte ich stolz.

»... von vor tausend Jahren, Sonja«, ergänzte Niclas lachend.

»Ihr Klugscheißer«, sagte Sonja und blickte abwechselnd von einem zum anderen.

»Besser als blond, schön und unwissend«, antwortete Niclas prompt.

»Klugscheißen bringt die Welt auch nicht weiter«, entgegnete Sonja selbstsicher. »Aber zurück zum Thema: Wie wollen wir Popper dazu bringen, unsere Summationspotenziale in Aktivität zu übersetzen?«

»Wir übertragen sie einfach auf seine Festplatte und beobachten, was er daraus macht«, sagte ich.

Die beiden schwiegen.

»Kompliment, Tris«, sagte Niclas schließlich und klopfte mir ironisch anerkennend auf die Schulter. »Das klingt ausnahmsweise mal gar nicht so dumm.«

Sonja schüttelte den Kopf. »Was soll er schon damit machen? Er wird sie im *Spam*-Ordner versenken und vergessen. *Delete. Confirmation button.*«

»Popper ist schlauer, als wir denken«, widersprach ich. »Er wird seine bisherigen Algorithmen, Staubsaugen, Essenkochen, Putzen, durch gedankliche Potenzierung zu einer ungeahnten philosophischen Höhe führen und in eine weltverbesserische, philanthropische Perspektive vordringen, von der die Menschheit bislang nichts ahnen konnte.«

Sonja lächelte: »Ah ja«, sagte sie spöttisch. »Und all das schafft er also durch Einlesen unserer dreier Gehirnaktivitäten. Von *noobs* und Eierstöcken. Da bin ich aber gespannt. LTP, *learn to play*.«

»In unseren Gehirnen sind Millionen Jahre Neuroevolution verankert«, entgegnete ich, und die Begeisterung für das Thema ging plötzlich mit mir durch. »Alles – von Lucy bis zum *Homo sapiens*, vom Feuerstein bis zum S-Klasse 6-Zylinder, vom Gorilla bis zum *Cyborg*, alles ist dort in historischer Reihenfolge hinterlegt. Popper muss diese Informationen nur lesen und in seine digitalen Welten ziehen.«

»Falls das funktionieren sollte ...«, sagte Sonja, »...und daran habe ich absolut meine Zweifel – meinst du nicht, dass dazu Elektroenzephalogramme von intelligenteren Gehirnen notwendig sind als von den unseren?«, fragte Sonja.

»Nein, nicht unbedingt«, antwortete ich. »Hast du schon einmal etwas von »*silent genes*« gehört, Gensequenzen, die nicht in Eiweiße übersetzt werden. Und die hat jeder Mensch in großer Zahl. Ich glaube, dass hier der Schlüssel liegt. Unsere Elektroenzephalogramme beinhalten Nachrichten aus Gensequenzen, die sich über Millionen Jahre in unseren Gehirnen entwickelt und gespeichert haben. Popper wird sich die für ihn notwendigen Informationen aus den entsprechenden elektrischen Potenzialen selbst auswählen.«

Wir schwiegen.

»Popper hier und Popper dort«, sagte Nicky nach einer Weile. »Wir können jetzt noch viele spekulative Vorankündigungen machen, die völlig nutzlos sind. Wir sollten es einfach mal ausprobieren. Dann sehen wir schon, was Popper kann und was nicht.«

»Wahrscheinlich kann er fast gar nichts«, setzte er nach einer Pause noch hinzu.

*

Wenn wir damals geahnt hätten, was geschehen würde (2F4U, *too fast for you*): Hätten wir Popper unsere Elektroenzephalogramme zugeführt, hätten ihn gewähren lassen, hätten die neurodigitale Transformation als Ganzes weiterverfolgt? Oder hätten wir, im Gegenteil, die Entwicklung gestoppt, ihr sozusagen den Stecker gezogen? Die Menschen des beginnenden 21. Jahrhunderts glaubten, mit AI könne man das machen. Wenn sie zu erfolgreich und mächtig wird, zieht man ihr den Stecker. Aber sie irrten sich. NSFL, *Not safe for life*. AI, mit biologischen Informationen ertüchtigt, ist nicht mehr zu stoppen. Das weiß ich jetzt. Damals wusste ich es nicht.

*

Wir übertrugen also unsere elektrischen Summationspotenziale auf Poppers Festplatte. Das war gar nicht so schwer, denn Popper war genauso ein Computer wie mein Mac. Nur eben, dass er wie ein Schneemann aussah und proportioniert war wie ein Mensch. Ich weiß noch, dass wir völlig ohne Erwartungen vorgingen, in der festen Überzeugung, dass schlichtweg gar nichts passieren würde. Und erst einmal passierte auch gar nichts. Popper stand, schneemannähnlich, weiß, glatzköpfig und schwarzäugig an seinem Platz in unserem Wohnzimmer. Er schwieg. Der Stick, auf den wir unsere HEEEGs geladen hatten und der jetzt in seinem Laufwerk steckte, blinkte eine kurze Zeit blau. Dann passierte auch dort nichts mehr. Niclas, Sonja und ich starrten Popper an, aber es geschah nichts. Gar nichts. Nach zwanzig oder dreißig Minuten schweigsamer Stille sagte Sonja schließlich: »Okay, das ist langweilig. Ich gehe nach Hause.«

»Siehst du nicht, dass seine Augen schwarz leuchten?«, warf ich ein.

»Quatsch, da leuchtet gar nichts«, entgegnete Niclas, »ich glaube, wir sollten die ganze Story wirklich vergessen. Das wird nichts.«

Ich schüttelte den Kopf und beharrte darauf, dass Poppers Augen leuchteten, aber meine beiden Partner schlugen ihre eigenen Augen zum Himmel und gingen fort, Sonja nach Hause, Niclas auf sein Zimmer. Ich blieb also mit Popper allein. Wäre ein Unbeteiligter im Zimmer gewesen, hätte ihn dieses Bild vermutlich seltsam berührt. Ein kahlrasierter, ehemals braunhaariger Halbwüchsiger, der einem glatzköpfigen, schneemannähnlichen Computer gegenübersitzt und sichtlich bemüht ist, mit diesem Computer ein Gespräch zu beginnen. *Besser schizophren als ganz allein.* Ich nahm einen Stuhl und platzierte mich ihm direkt gegenüber.

»Popper«, sagte ich. »Popper!«

Keine Antwort.

Ich war traurig. Sollte meine Begeisterung wirklich umsonst gewesen sein? In den letzten Tagen hatte ich eine ungewöhnliche Motivation verspürt, Freude am Arbeiten, Glaube an mich selbst. Ich, Tristan Trusheim, der Lauch, der notorische *Loser*, hatte einen relevanten Plan verfolgt. Mein kleiner Überflieger-Bruder hatte mich akzeptiert und bewundert, das schönste Mädchen meiner Klasse hatte sich von mir die Haare abrasieren lassen und mich zu Hause besucht – und jetzt das. SNAFU!

»Popper«, rief ich erneut aus.

Popper drehte mir die Vorderseite seines runden, weißen Kopfes zu: »F – M – L. Nicht – so – laut – Tristan«, sagte er mit einer seltsam abgehackten, aber trotzdem klar verständlichen Stimme. Ich traute Augen und Ohren nicht. Woher kannte er meinen Namen? Woher wusste er, wo ich saß?

Bis zu diesem Tag hatte Popper nichts anderes gekonnt, als auf Befehl das Licht ein- oder auszuschalten oder den Herd. Oder den CD-Player oder den Staubsauger. Er konnte »Ja« und »Nein« sagen, ein Schneemann aus Metall, der mit wenigen nützlichen Funktionen ausgestattet war. Punkt. Aus. Amen. Und jetzt wandte mir dieser Schneemann aus Metall seine Front zu und gab ein Statement von sich, das auch von Sonja hätte stammen können. Wie war das möglich? Etwas Unerwartetes musste passiert sein. Ein biologisch-technischer Unfall, ein durch unerklärliche Umstände getriggerter Zufall, ähnlich wie die Entstehung des Lebens aus seinen Bausteinen vor etwa 3,5 Milliarden Jahren. KP.

»Niclas«, rief ich laut und aufgeregt, um meinen Bruder aus dem oberen Stockwerk unseres Hauses nach unten zu beordern.

»Niclas – Fußball«, sagt Popper mit scheppernder Stimme.

Ich lief zum Fenster. Und tatsächlich war Niclas inzwischen nach draußen gegangen und spielte dort mit den Nachbarsjungen Fußball.

Ich öffnete das Fenster.

»Niclas, komm mal schnell rein!«, rief ich.

»Du nervst, Tris«, erhielt ich zur Antwort.

»Niclas – Tor«, tönte es abgehackt aus dem Inneren des Raumes. Und tatsächlich erzielte Niclas soeben mit dem linken Fuß ein Tor ins rechte obere Eck und jubelte. Aber Popper konnte dies unmöglich hören, geschweige denn sehen. Es war unheimlich.

»Tristan – nicht – Angst. NP – *no – problem*«, hörte ich Popper sagen.

Mir schwindelte. Ich setzte mich wieder vor Popper auf den Stuhl und betrachtete ihn. Er betrachtete mich offenbar ebenfalls. Seine schwarzen Augen leuchteten.

Es klingelte.

»Sonja«, schepperte Popper.

Ich schüttelte den Kopf. »Nein, Sonja ist nach Hause gegangen«, antwortete ich und lief zur Haustür.

»Sonja – nett«, hörte ich ihn aus dem Wohnzimmer metallisch plappern.

Ich öffnete die Tür. Vor mir stand Sonja. Mein Herz schlug mir, offensichtlich aus verschiedenen Gründen, bis zum Halse. Sonja sah umwerfend gut aus mit ihrem von mir selbst rasierten Kopf. 143.

»Tristan, es tut mir übrigens leid, dass ich vorhin so schlecht gelaunt war«, sagte sie mit einem entschuldigend schräg gelegten Kopf. Zur Antwort nahm ich sie an der Hand.

»Komm mit. Das musst du dir ansehen«, sagte ich.

Wir gingen zurück ins Wohnzimmer. Popper stand noch immer an derselben Stelle in der Mitte des Raumes und wiederholte mit abgehackter Stimme: »Sonja – nett!«

Sonja starrte Popper mit offenem Mund an. Dann entspannten sich ihre Gesichtszüge, sie lächelte und sagte: »Das ist irgendein Trick, Tristan, gib es zu.«

»Mutter – Moksha – Tristan – Spinner.«

Ich schüttelte den Kopf. »Nein, Sonja, das ist kein Trick. Schön wär's!«

»OMFG, NSY!«, rief Sonja aus und setzte sich auf einen Sessel. »Wie kann er wissen, was wir vorhin gesprochen haben? Du hast es ihm erzählt. Du hast ihn programmiert. Du bist ein Computerfreak, ohne dass ich es wusste.«

»Tristan – Computer – Spinner«, sagte Popper.

Ich musste lachen. »Popper ist irgendwie lustig«, sagte ich.

»Popper – selten – lustig«, erklärte Popper.

Sonja war sichtlich irritiert. »WTF«, flüsterte sie mit weit aufgerissenen Augen. »Das ist crazy. Popper denkt mit.«

»Popper – klüger«, schepperte Popper.

»WTF«, wiederholte sich die Sonja, »klingt, als wollte er uns warnen.«

Popper schwieg.

»Ach, was«, sagte ich. »Schau ihn dir an. Er sieht wie ein Schneemann aus, nur hübscher. Popper ist ein hübscher, intelligenter Schneemann.«

Sonja lächelte. »Wahrscheinlich hast du recht«, sagte sie. »Wir sollten Nicky unseren netten, intelligenten, elektrischen Schneemann zeigen.«

Popper schwieg.

Sonja lief zum Fenster. »Niclas!«, rief sie laut. »Unterbrich mal dein *fucking football* und komm hierher. Da gibt es eine Überraschung für dich.«

Und tatsächlich unterbrach mein Bruder sein Spiel, ignorierte das »*fucking football*« und lief zur Haustür.

»Was ist denn los?«, fragte er, wenn auch ein wenig ungeduldig.

Wir führten ihn ins Wohnzimmer.

»Niclas – HEEEG – AUC – 1337«, schepperte Popper.

Niclas erstarrte. »OMFG«, flüsterte er dann begeistert. »Popper lebt.«

»Popper – Leben – Fragen«, konstatierte Popper.

»Wie bitte, du hast Fragen zum Leben, Popper?«, erkundigte sich Sonja neugierig.

Aber Popper antwortete nicht.

Wir blickten uns alle nachdenklich an. Popper schwieg, und seine Augen funkelten schwarz.

In diesem Augenblick machte Popper einen Schritt nach vorne. Wir erschraken sehr, ein Schauder lief uns über den Rücken. Denn auch wenn Popper niedlich aussah, wie ein Schneemann mit Beinen eben, so waren wir angesichts der jüngsten Entwicklungen doch beruhigt, solange er nur auf der Stelle gestanden hatte. Eine biologisch ertüchtigte AI, die sich nicht bewegen konnte, erschien uns ungefährlich, eine bewegliche AI hingegen, ein Popper mit Beinen, mochte eine handfeste Bedrohung sein.

»Popper – mobil – TrisNicSon – nicht – Angst«, erklärte Popper.

»Er drückt sich ziemlich seltsam aus, unser elektrischer Schneemann«, dachte ich.

Popper drehte mir langsam seinen Kopf zu. »Popper – Sprache – kurz«, schepperte er emotionslos.

Die anderen beiden betrachteten mich erstaunt.

»Popper kann offenbar Gedanken lesen«, sagte ich.

Sonja antwortete: »Du spinnst, Tristan!«

»Das hast du heute schon öfters gesagt, Sonja«, antwortete ich lächelnd.

Jetzt wandte Popper Sonja seinen Kopf zu: »Tristan – Spinner – attraktiv«, sagte er.

Sonja errötete und erblasste zugleich: »WTF, NSY«, rief sie kopfschüttelnd.

»Popper – *evolution – Charles – origin of species – Darwin – fittest"*, gab Pepper scheppernd von sich.

»WTF«, wiederholte Sonja. »Wovon redet der?«

»Er redet von der Evolution, vom Darwin'schen Prinzip des *survival of the fittest,* von sich selbst. Er will uns sagen, dass die Evolution heute einen gewaltigen Sprung vollzogen hat!«, rief ich begeistert aus.

»Tristan – klug«, sagte Popper.

»*Natura non facit saltus*«, zitierte Nicky irgendeinen Spruch aus seinem Lateinunterricht.

»*Quodque – parum – novit – nemo – docere – potest*«, antwortete Popper.

Sonja blickte von einem zum anderen. »Ich fasse es nicht«, sagte sie leise. »Popper spricht Deutsch, Englisch, Latein … Woher kannst du das alles, Popper?«

Aber Popper antwortete nicht. Es schien niemals auf eine Frage zu antworten, die man direkt an ihn stellte.

»Was bedeutet der lateinische Satz, den er zu uns gesagt hat«, wandte sich Sonja hilflos an uns.

»Wer nichts verstanden hat, kann auch nichts lehren«, antwortete Niclas, »oder anders gesagt: HDF, wenn du's nicht checkst.«

»Aha«, erwiderte Sonja. »Und was hattest du vorhergesagt?«

»Die Natur macht keine Sprünge. Das ist ein Satz, der Carl von Linné zugeschrieben wird.«

»Quantenphysik«, schepperte Popper plötzlich.

»Ja, genau!«, rief Niclas laut. »Quantensprünge sind in der Natur die Widerlegung der Linné'schen Theorie.«

Sonja hörte mit offenem Mund zu: »FML! Sorry, das ist mir zu abgefahren«, sagte sie und stand auf. Sie setzte sich aber schnell wieder hin, denn Popper machte einen Schritt auf sie zu. Die Szene war lustig, Niclas und ich mussten lachen.

»*BF – best – friends*«, ließ Popper vernehmen.

Niclas und ich lachten noch lauter. Aber Sonja lachte nicht, im Gegenteil: »Ich weiß nicht«, sagte sie. »Ihr lacht, aber ich finde das alles ziemlich unheimlich. Ein Computer, der sich bewegt, der unsere Namen kennt, der sinnvolle Kommentare abgibt, der alles zu wissen scheint, der offensichtlich unsere Gedanken lesen kann. Ihr lacht, weil er niedlich aussieht. Aber bei näherer Betrachtung sieht er gar nicht so niedlich aus. Ich finde, seine Augen leuchten rot, nicht schwarz.«

»*Ein – Teil – von – jener – Kraft – die – stets – das – Böse – will – und – stets – das – Gute – schafft*«, bemerkte Popper.

Ich stutzte: »Was ist mit diesem Rätselwort gemeint?«, fragte ich dann.

Popper antwortete nicht. Dafür lachte Nicky erneut laut auf. »Du drückst dich etwas altertümlich aus, bro. Voll retro sozusagen. Das checkt Popper nicht.«

Ich schüttelte den Kopf. »Als supergenialer Gymnasialschüler solltest du eigentlich wissen, was hier abgeht, Nicky«, antwortete ich.

»*Geist – der – stets – verneint*«, sagte Popper emotionslos. Dann wandte er sich Sonja zu: »*Off – topic – OT – Popper – draußen – Welt – sehen*«, fügte er ebenso emotionslos hinzu.

»FML«, sagte Sonja und schüttelte ungläubig den Kopf. »Genau das habe ich eben gedacht. Wir müssen Popper die Welt zeigen.«

»Und der Welt müssen wir Popper zeigen«, ergänzte Niclas.

*

Habe ich eigentlich schon erzählt, wo wir leben? Nicht wirklich, oder? Man kann es erahnen, wenn man die Zeilen liest, in denen ich zu erläutern versuche, warum meine Mutter dunkle Haare hat. Da steht etwas von Italienern, die über den Alpenkamm gestiegen sind, und so. Aber kurz und schnörkellos gesagt: Wir leben im Allgäu. Das ist schön. Wenn man aus dem Haus tritt, sieht man die Berge. Im Winter fahren wir Ski, im Frühling betrachten wir die Bergkrokusse, im Sommer die Alpenrosen auf den Berggipfeln, im Herbst suchen wir Pilze und im Winter fahren wir wieder Ski. So ist das Leben seit vielen, vielen Jahren. Und so wird es natürlich bleiben bis ans Ende der Zeit. Natürlich. Weil sich im Leben ja nie etwas ändert.

FML!

Irgendwann damals habe ich mit meinem Vater einen Berg bestiegen. Er hat nicht viel geredet. Hat er übrigens nie. TMI, *too much information*. Aber als wir auf dem Gipfel standen, hat er mir erzählt, dass er denselben Weg auch schon mit seinem eigenen Vater gegangen sei, 45 Jahre zuvor. Und dass der Weg sich kaum verändert habe. Immer noch blauer und gelber Eisenhut, immer noch Türkenbund und pannonischer Enzian. Immer noch Dohlen auf dem Gipfel, die um Essen betteln, nicht dieselben wie vor 45 Jahren, aber die gleichen. Ich musste mir noch einmal den Unterschied zwischen »denselben« und »den gleichen« in Erinnerung rufen. Irgendwie überkam mich eine Ahnung von dem, was er meinte. Ich glaubte, seinen Worten eine gewisse Melancholie zu entnehmen, Trauer darum, dass die Erde eine andere geworden war, seitdem sein Leben begonnen hatte, in den sechziger Jahren des 20. Jahrhunderts. Da gab es noch nicht einmal Handys. *Creepy*. Kein Facebook, Twitter oder WhatsApp, nicht einmal E-Mail oder PowerPoint. Da gab es gar nichts. Da musste man sich noch Briefe schreiben, alles »von Hand« machen.

Wir waren an den Schlössern von dem verrückten bayerischen Monarchen vorbeigegangen. Die kennen Sie doch, oder? Selbst die Ungebildetsten von Ihnen, die DAUs sozusagen. Ein krasser Typ, dieser Ludwig. Milliarden von Steuergeldern hat er in die Schlösser versenkt, seine Untertanen haben ihn dafür gehasst. *Summa summarum* hat er die Steuergelder allerdings über die Jahrzehnte für Bayern wieder hereingeholt. Wenn man bedenkt, wie viele fette PLONKs sich hier jeden Tag auf diesen Schlosshügel schleppen (oder eben von bedauernswerten Gäulen schleppen lassen). Okay, dahinter beginnt dann das Reich der Schlanken. Selbst ich habe, 4YEO, *for your eyes only*, auf dem Weg zum Gipfel ziemlich gekeucht. Aber klar. Als *couch potato* und *digital addict* wird man nicht gerade fitter (habe ich ja eingangs schon erwähnt), und dann kommt man auch als Siebzehnjähriger bald keinen Berg mehr hoch. Wie auch immer.

Unten angekommen, stand mein Vater auf der Brücke über der Pöllatschlucht und sagte: »Neuschwanstein. Das haben wir schon als Kinder in Geschichte gelernt. Und jetzt bin ich selbst bald Geschichte«. Da habe ich gestutzt und ihn kurz sehr gemocht. Auch wenn meine Restlaufzeit vielleicht noch länger ist als seine, die Batterie bis zum EoL, *End of Life*, wahrscheinlich noch etwas länger hält – es steckte irgendwie sehr viel Wahrheit in seinen Sätzen.

Ob die Vergänglichkeit des Menschen irgendwann

überwunden werden kann? Ich muss Popper dazu befragen, vielleicht weiß der es. Aber er gibt auf Fragen ja nie eine Antwort.

*

Wir traten also nach Poppers Erzeugung gemeinsam mit dem elektrischen Schneemann zur Tür hinaus. Es muss komisch ausgesehen haben. Drei Menschen und ein Humanoid. Wie in einem schlechten *Science Fiction Movie.* Befremdlich und gruselig zugleich. Auch wenn Popper, wie bereits erwähnt, sehr hübsch war. Aber seltsam eben: Drei Jugendliche, die mit einem Roboter spazieren gehen und mit diesem ein Gespräch führen. So sieht übrigens, da gehe ich jede Wette ein, die Zukunft aus. Die Roboter werden immer mehr. Und die Menschen werden immer weniger. Und immer mehr Technik geht in den Menschen über, sodass bald genauso viel Technik in einem Menschen stecken wird wie Biologie. Und genauso viel Biologie in einem Computer wie Technik. Transhumanismus. Posthumanismus. Elon Musk. Ray Kurzweil. Alle diese Zukunftsphantasten.

Wir drei hatten es jetzt schon geschafft, in unserer Gegenwart. Wir gingen mit Popper spazieren, einem biologisch ertüchtigten Humanoid. Das Wetter war schön, der Himmel war blau. Popper ging so langsam und statisch, wie es seine künstlichen Beine zuließen, er drehte seinen Kopf von links nach rechts und von rechts nach links. Seine Augen leuchteten schwarz. Alles, was er sah, sog er förmlich in sich hinein. Er schaute und schwieg.

Wir schlugen einen Weg ein, der in Richtung Berge wies. Wir begegneten niemandem. Als wir uns einem Weiher näherten, sprang plötzlich vor uns aus dem Schilf ein großer Frosch zunächst auf Poppers metallenen Fuß und dann ins Wasser. Popper blieb stehen: »Grasfrosch«, schepperte er. »Echte Frösche – Braunfrösche – Kopf-Rumpf 11 cm.«

Wir blickten uns ungläubig an. »Woher weiß er das?«, schoss uns allen als Frage durch die Köpfe. »Eisenberg – Hohenfreyberg – 1050 bzw. 1040 m ü. NN – 1315 n. Chr. – Hohenegger – Erzherzog Leopold III von Österreich – heute Gemeinde Eisenberg«, schepperte er.

»Popper!«, rief Sonja aus: »Woher weißt du das alles?« Erwartungsgemäß schwieg Popper zur Antwort.

Wir liefen weiter, tatsächlich in Richtung der beiden Burgen, die Popper eben historisch eingeordnet hatte. Ich schwieg. Tausende Gedanken durchzogen mein Gehirn. Offensichtlich hatten wir ein Wesen erzeugt, das Zugriff auf digitale Informationen hatte, auf das gespeicherte Wissen der Welt. Aber nicht nur das. Popper schien auch Gedanken lesen zu können, Emotionen zu spüren. Solche Dinge waren von AI bislang nicht berichtet worden. Hier verknüpfte sich umfassende Information mit emotionaler Intelligenz. Wir konnten stolz sein. Wir waren weiter vorgedrungen, als jemals erwartet. Ich betrachtete Niclas, er betrachtete mich. Stolz war in seinen Augen zu lesen, Siegessicherheit wie immer. Aber es lag noch etwas anderes in diesem Blick, und ich musste zunächst darüber nachdenken, was es war.

Plötzlich verstand ich ihn. Nicky hatte Angst. In seinen Augen mischte sich der Ausdruck von Stolz mit dem Ausdruck von Entsetzen. Auch er schien es zu begreifen. Auch er wusste, dass unser Geschöpf, Popper, in dem sich biologische und künstliche Intelligenz zu einer unberechenbaren Symbiose vereinten, potenziell gefährlich war. Was hatte Popper vor? Was würde er machen? Welche Moral oder Unmoral erhob sich aus der Fusion von Technik und Biologie? Welche Wege würde Popper gehen, um seine Absichten umzusetzen? Zeichnete sich dieses Geschöpf durch menschliches Mitgefühl oder durch ein nüchtern-brutales technisches Kalkül aus?

Popper wandte den Kopf erst Niclas, dann mir zu, seine Augen leuchteten rot, er schwieg.

Wir überholten eine Gruppe Wanderer, einen fetten Mann, eine dicke Frau und zwei ebenso dicke Jungs, vielleicht 12 und 14 Jahre alt. Sie schnauften stark auf ihrem anstrengenden Weg zur Burgruine Eisenberg. Popper gruppierte sich zwischen uns. Er lief zwar immer noch statisch, aber bereits deutlich schneller als zuvor. Als würde er mit jedem Schritt an Balance hinzugewinnen, Gleichgewicht und Trittsicherheit erlernen.

Der fette Mann rief schnaubend aus: »Was habt Ihr denn da für ein Spielzeug dabei? Bleibt stehen, das müssen meine Jungs sehen. Wo gibt es das denn zu kaufen?«

Wir blieben tatsächlich stehen, denn Popper drehte sich der Familie zu und betrachtete sie mit rot leuchtenden Augen. Der ältere der fetten Jungs lief auf ihn zu und trat mit voller Wucht gegen sein rechtes Metallbein. »Wie siehst du denn aus, du Staubsauger?«, rief er lachend aus. Auch die Eltern des Jungen schienen das wirklich sehr lustig zu finden.

»Popper – nicht – Staubsauger«, gab Popper scheppernd zurück.

»Popper – nicht – Staubsauger«, äffte ihn der fette Junge nach. »Was bist du denn?«, setzte er hinzu, »ein CD-Player? Oder ein Toaster? Oder eine laufende Mikrowelle?« Und wieder amüsierte sich die fette Familie köstlich.

Poppers Augen leuchteten rot. »Max – dumm«, sagte er plötzlich.

Der fette Max wurde rot vor Wut. »Woher kennst du meinen Namen, du Blechbüchse? Und was fällt dir ein, so etwas zu sagen?«, rief er laut aus.

Sein beleibter Vater mischte sich ein: »Schämt euch«, fuhr er uns an. »Wie könnt ihr es wagen, eurem Computer solche Unverschämtheiten einzuprogrammieren?«

»Wir haben ihm nichts einprogrammiert«, antwortete Sonja.

Der fette Mann wurde ebenso rot im Gesicht wie sein Sohn. »Jetzt werde aber nicht frech, du Miststück«, rief er laut aus.

»Sonja – nicht – Miststück«, schepperte Popper, und seine Augen leuchteten rot. »Herr Schneider – unhöflich«, setzte er hinzu.

Der dicke Mann, der offenbar Herr Schneider hieß, schnaubte vor Wut. Er hob seine Hand, drehte sich nach rechts (wobei er fast das Gleichgewicht verlor) und setzte zu einer Ohrfeige an, die zielsicher auf Sonjas Wange gelandet wäre. In diesem Augenblick aber, ohne dass irgendeiner der Anwesenden auch nur den Hauch einer Bewegung sah oder spürte, befand sich plötzlich Poppers Arm vor Sonjas Gesicht, und der fette Herr Schneider schlug mit der vollen Wucht seines Schwergewichtes auf die Metallstange, die sich ihm unerwartet widersetzte. Es knackte hörbar, Herr Schneider brüllte laut auf, die Finger hingen schlaff und seltsam verwinkelt von seiner rechten Hand herab. Sein rotes, verdutztes Gesicht mit dem ungläubig halb geöffneten Mund strotzte von Blödheit. Er schaute irritiert erst auf Popper, dann auf seine gebrochenen Finger, dann auf uns alle. Schließlich versammelte er mit dem linken Arm seine Familie um sich herum, und alle zogen sich laut winselnd ins Tal zurück.

Wir liefen fröhlich und nachdenklich weiter.

»Vielen Dank, Popper«, sagte Sonja schließlich.

Popper antwortete nicht.

Das war, von den Erlebnissen mit seinen drei Schöpfern abgesehen, Poppers erste Begegnung mit den Menschen, und diese hat seiner Meinung über uns möglicherweise nicht besonders gutgetan.

*

AAMOF, *as a matter of fact*: Es sollten weitere Begegnungen folgen. Machen Sie einmal mit offenen Augen und einem mitfühlenden Herzen, IOW mit Sympathie für die Natur, einen Spaziergang durch das Ostallgäu. Natürlich öffnet sich den Augen ein grandioser Blick auf die Nordkette der Alpen, vom Edelsberg bis zur Zugspitze, natürlich entdeckt man immer wieder kleine Kapellen als Sinnbilder des christlichen Glaubens, Symbole für Ehrfurcht und Transzendenz, natürlich zeichnen sich am Horizont jene besagten Königsschlösser ab, welche allgemein zu den schönsten Gebäuden der Welt gerechnet werden, auch wenn ihr Schöpfer genau so verrückt war wie der ehemalige amerikanische Präsident.

Aber selektieren Sie dann bitte einmal optisch das Zerstörerische, das vom Menschengeschlecht geschaffene Hässliche heraus, und sie werden erstaunt sein, wie beschönigend und wie trügerisch euphemistisch eine opportunistische Brille das Gesehene verzerrt. Es ist wohl das schlechte Gewissen, das uns die Stigmata der menschgeschaffenen Hässlichkeit in der Landschaft übersehen lässt, die Stromleitungen, die Schornsteine, die steinernen Klötze der Industrie, die Autobahnen mit ihren rasenden, CO_2-produzierenden Ungetümen, die Bergbahnen, welche die fetten PLONKS auf die Berge hieven, damit sie dort ihren Müll zwischen die Alpenrosen werfen können, die tausende touristischen YOLOs, die mit WEG, *wide evil grin*, unsere geliebte bayerische Heimat versauen.

Ich glaube Popper, unsere biologische ertüchtigte AI, hatte einen solchen euphemistischen Filter nicht vor seinen elektrischen Augen, als wir damals zum ersten Mal mit ihm spazieren gingen. Seine Augen funkelten manchmal rot und manchmal schwarz, und ich gewann den Eindruck, dass die Farbe des Funkelns seinen Bewertungsalgorithmus widerspiegelte, dass er auf der Basis kryptischer SOPs, *standard operating procedures*, moralische Maßstäbe an das Gesehene anlegte.

Welche moralischen Maßstäbe konnten das sein? Rein biologische etwa? Die gab es nicht, bzw. die Moral der Natur war nicht mehr und nicht weniger als der Sieg des stärkeren Lebens über das schwächere. Die Szenerie mit der Familie Schneider, die wir soeben beobachtet hatten, sprach nicht für die Moral der Natur als Maxime des Popper'schen Handelns. Christlich-religiöse etwa? Dann hätte sich Herr Schneider gewiss nicht die Finger gebrochen, sondern Popper hätte in seiner Allmacht versucht, den Dickwanst vom Schlagen abzuhalten. Nein, die gebrochenen Finger sprachen dafür, dass Poppers Toleranz-Algorithmen klar definierte Grenzen hatten. Humorlose Grenzen. Also eine 0/1-Moral, eine Moral im binären System? Aber auch diese Betrachtung wurde der eben durchlebten Szene nicht gerecht. Popper hatte Empathie bewiesen, Empathie mit dem Schwächeren, in diesem Fall Sonja. Also war es eine andere Moral, eine neue. Vielleicht eine Moral der Erde, dachte ich im Weitergehen, eine Moral, die sich nicht auf die Seite einer einzigen Spezies stellt.

Wir erreichten das Ziel unserer kleinen Wanderung, die Burgruine Eisenberg. Popper betrachtete das alte Gemäuer mit einer großen Intensität. Er betrachtete die Kernbeißer, welche durch die Lärchen flogen, den blauen Himmel hinter den Fensterrahmen und die Flugzeuge, deren Kondensstreifen sich am Himmel abzeichneten, er betrachtete die achtlos weggeworfenen Coca-Cola-Dosen in den historischen Winkeln der Ruine und den Stamm einer Fichte, auf dessen senkrecht abstehende Äste irgendein BOFH mitleidlos zwei Mezzo-Mix-Flaschen aufgeladen hatte, er betrachtete die Wegwarte und den Wald-Storchschnabel als Durchschnittsblumen der Hügelflora, sah den Rotmilan am Himmel kreisen und las die Informationstafeln, welche ambitioniert die Vergangenheit zu erläutern versuchten.

»Mein – Freund – die – Zeiten – der – Vergangenheit – sind – uns – ein – Buch – mit – sieben – Siegeln«, schepperte Popper plötzlich in etwas altertümlichem Deutsch. Seine Augen leuchteten rot und schwarz im Wechsel, wie die Glut in einem Holzfeuer. Welche Eindrücke dabei welches Leuchten auslösten, war schwer zu erkennen. Vielleicht hatte es etwas mit der Wahrhaftigkeit des Gelesenen, mit der Tatsächlichkeit des Inhalts zu tun. Vielleicht bewirkten richtige Fakten ein schwarzes und falsche Fakten ein rotes Leuchten. Oder umgekehrt – wer weiß? Jedenfalls befand er sich in einem Zustand höchster Aktivität, höchsten Energieverbrauchs, das war seinen Augen deutlich anzusehen.

»Was – Ihr – den – Geist – der – Zeiten – heißt – das – ist – im – Grund – der – Herren – eig'ner – Geist – in dem – die – Zeiten – sich – bespiegeln.« Popper wandte mir den Kopf zu: »Tristan – klug – Moral – der Erde«, schepperte er.

Ich wurde im Allgemeinen nicht für besonders klug gehalten, das hatte ich ja bereits erwähnt. Sonja und Niclas betrachteten uns verwundert.

»Tristan, was redet der?«, fragte Sonja irritiert.

Ich zuckte nachdenklich mit den Schultern: »Keine blasse Ahnung«, antwortete ich.

»Popper – Akku«, ließ Popper blechern vernehmen. »Li-

thium – Ionen – Akku – Kapazität: 30,0 Ah / 795 Wh – Akkudauer – ca. – 72 h.«

»Dann haben wir ja noch Zeit«, sagte Sonja.

»Ich glaube, das hängt vom Energieverbrauch ab«, widersprach Niclas. »Wir sollten sehr schnell eine Steckdose finden.«

Poppers Augen leuchteten schwarz.

Wir liefen zum nächstgelegenen Ort und fanden dort einen Gasthof, vor dessen Fassade eine wunderschöne alte Linde ihre Äste über die große Terrasse ausbreitete. Es roch verführerisch nach gebratenem Hähnchen, auch wenn es erst 11:30 Uhr morgens war. Eine alte, faltige Allgäuerin mit gutmütigen Augen stand vor der Eingangstür. Wir fragten, ob wir hier schon etwas zu essen bekämen und ob wir eine Außensteckdose benutzen dürften, um Popper aufzuladen. Sie nickte fröhlich.

»Die Hendl san scho fertig, und natürlich derft's ihr den Strom hoam«, sagte sie und rollte das r. Ich liebe diesen Dialekt, der so herzlich klingt, wenn er aus einem freundlichen Mund gesprochen wird.

»Wos für an netten, kloanen Roboter habt's ihr doa«, fügte sie hinzu und streichelte Popper über den Kopf. »Wie hoaßt der? Popper? Des isch an luschtiger Noame.«

Wir staunten über die Selbstverständlichkeit, mit der diese alte Frau unsere biologisch-technologische Errungenschaft zu akzeptieren schien. Poppers Augen leuchteten schwarz. Er sagte nichts, ging aber zielsicher zu einer Ecke der Hauswand, zog mit seiner abstrahierten Metallhand den Stecker aus dem dafür vorgesehenen Fach an seiner Flanke und führte ihn in die Steckdose ein, die sich in dieser Ecke der Hauswand befand. Wieder staunten wir über Orientierung, Eigeninitiative, Zielsicherheit und Gewandtheit der Bewegungen. Popper wurde immer schneller.

Die alte Frau nickte: »So an prächtiger Bursch«, sagte sie anerkennend.

Wir nahmen auf der Terrasse Platz, auf der sonst noch niemand saß. Popper hatte sich von seiner Steckdose gelöst und setzte sich zu uns. Die alte Allgäuerin servierte Nudelsuppe, gebratenes Hähnchen und Salat, und jeder von uns drei Menschen trank ein Weizenbier dazu. Ach, ja. Hähnchen und Weizenbier unter der alten Linde am Fuß der Burgruine Eisenberg. Wenn man sich eine Szene aus dem Paradies vorstellen wollte – hier ist sie. Der Säuling steht dahinter, der Aggenstein und der Breitenberg, und vorne fügt sich die schwäbische Barock-Kapelle des Örtchens Speiden sanft in das Landschaftsbild ein.

Fuck. Ich bin ein Romantiker. Oder eher ein Nostalgiker, denn so sah in meiner Kindheit und Jugend (die jetzt einige Jahre zurückliegt) die Erde aus. Bevor wir Popper erschufen. Unseren »netten kloanen Roboter, den prächtigen Bursch«. Er saß neben uns, seine Augen leuchteten schwarz, fast gewann man den Eindruck, er lächelte.

»*Hähnchen – Jagd*«, schepperte er.

»*Alte – Frau – nett*«, setzte er hinzu.

»*Alte – Linde – Ruhe*« und »*Bier – Traum*«, ließ er noch vernehmen. Wir lächelten fröhlich.

»*Bayern*«, schloss er seine Betrachtungen ab und versank dann in ein tiefes Schweigen, das lange dauerte.

Wir saßen am Tisch, aßen, tranken und erzählten von

der Schule und von den Klassenkameraden, die unsere Glatzen betrachtet und sich darüber lustig gemacht hatten, aber immer auch mit verhaltener Neugier und bewunderndem Neid. Sonja zählte die Haarstoppel, die auf meinem Kopf wieder nachwuchsen, ich zählte die ihren. Alles an ihr war schön, und alles an mir war wohl auch schön. Niclas betrachtete uns und lächelte in sich hinein. Zwischen Sonja und mir hatte jenes archaische Spiel des Lebens begonnen, die schmerzhaft-süßen Stunden, die Dränge von Ewigkeit, jene wilden Exazerbationen der vom Sexus umnebelten Gehirnareale, bar jeder Klarsicht und Objektivität, diesseitig, plump. Aber sie zählen ja doch zu den schönsten Stunden eines jeden Menschenlebens. TBH: Das spricht nicht gerade für die Originalität und Einzigartigkeit unseres Geschlechtes – aber es ist trotzdem so. AAMOF. *Emotion-Clip*. Ich hatte mich verliebt, und Sonja hatte sich tatsächlich auch verliebt. In mich, in Tristan Trusheim, den soeben sitzengebliebenen Außenseiter, den *Loser par excellence*. Und da die schönen Frauen sich fast nie in irgendeinen *Loser* verlieben, sondern immer nur in die ganz *Coolen*, war offensichtlich in den letzten Tagen etwas Entscheidendes mit mir passiert. War's ja auch. Das hatte mit dem biologisch ertüchtigten Roboter zu tun, der jetzt neben uns saß. Mit Popper.

»*Popper – keine – Freunde*«, schepperte Popper plötzlich.

»Doch, Popper«, entgegnete Sonja sofort. »Du hast Freunde. Du hast uns.«

Popper schwieg, seine Augen leuchteten rot.

In diesem Augenblick fragte ich mich, ob Sonja Popper

richtig verstanden hatte, ob es sich um eine Klage seinerseits handelte (wie sie es interpretierte) oder einfach nur um eine Feststellung. Ich sagte nichts. Zu sehr beschäftigte mich die Überlegung, warum dieses wunderschöne Mädchen sich in mich verliebt hatte, warum Popper eine so unerwartete Wirkung auf ihr Gefühlsleben ausübte. Vielleicht empfand sie die technische Kraft und Macht, die in diesem Wesen steckte und assoziierte sie mit ihrem »Schöpfer«. Ich glaube, Frauen sind so. Ich glaube, sie spüren in einem Mann, wenn vorhanden, instinktiv die Durchsetzungskraft und die konstruktive Phantasie, die im biologischen Sinne zukünftig das größte und sicherste Nest gewährleistet. RL, Ihr wisst schon. Natürlich verstehe ich an dieser Stelle sehr wohl, dass ich mir in Zeiten des Emanzipationsgezeters und Gendergetöses mit solchen Äußerungen keine Freundinnen und Freunde mache. Aber, LMAO, es ist und bleibt eben, wie es immer war. Denn irgendwann wollen Frauen auch Kinder haben, und da nützt ihnen irgendein frauenverstehender, teigiger *Softloser* ziemlich wenig. Natürlich gibt es die Lesben und die Transgender, und das ist ja auch gut so, die sollen, IMHO, veranstalten, wozu sie lustig sind. Aber schlussendlich, AISI, ticken die meisten Frauen und Männer immer noch völlig normal. *Thank god.*

»*Sonja – Frau*«, schepperte Popper.

Sonja errötete.

»Natürlich bin ich eine junge Frau«, sagte sie.

»*Sonja – Tristan – Kuss*«, schlug Popper vor.

Jetzt errötete ich. Niclas lachte.

»Wir müssen bezahlen«, sagte ich unsicher und vermied es, Sonja anzublicken. Ich hatte noch nie ein Mädchen geküsst. Wie auch? Ich wusste gar nicht, wie so etwas geht.

Als sie an unseren Tisch kam, lächelte die alte Allgäuerin fröhlich über ihr ganzes faltiges Gesicht. Sie blickte Sonja und mich mit ihren gutmütigen Augen an und zwinkerte Niclas und Popper zu.

»Joa, joa«, sagte sie, »so isch des. Fiat aich.«

Wir standen auf, verließen die alte Linde und gingen genau denselben Weg zurück, den wir gekommen waren, an der Burgruine Eisenberg vorbei und an der Stelle im Wald, wo wir die dicke Familie Schneider getroffen hatten. Wie von selbst bildeten sich zwei kleine Gruppen, Niclas und Popper gingen voran, Sonja und ich liefen langsam hinterher. Im Schutz der anbrechenden Dämmerung und im Schutz des Waldes nahm ich allen Mut zusammen und drückte Sonja einen Kuss auf ihren rosigen Mund. Der Kuss war hart. Ich glaube, ich habe das ganz schlecht gemacht. Aber irgendwie schien es ihr doch zu gefallen. 143.

Kapitel 3: Die Seuche

Noch am selben Abend begann ein Veränderungsprozess in einem Ausmaß, wie es die Erde seit dem zweiten Weltkrieg nicht mehr erlebt hatte. Die Wissenschaft würde später zu der Erkenntnis gelangen, dass das Virus von der Familie der Braunfrösche auf die Menschen übertragen worden war. Der genaue Übertragungsmodus allerdings blieb im Dunkeln. Einige Mystiker spekulierten angesichts der auffällig hohen Mutationsrate des Virus über eine Beteiligung der künstlichen Intelligenz, aber dafür gab es keinerlei wissenschaftliche Evidenz.

Der Indexpatient war ein adipöser deutscher Diabetiker, der sich zur Behandlung einer Fingerfraktur in ein alpenländisches Krankenhaus begeben hatte. Letztere zog er sich nach eigenen Angaben während eines Spaziergangs bei einem Sturz auf das beachtliche Gesäß zu. Die bei der Anamneseerhebung auf der Notaufnahme des Krankenhauses anwesende Familie bestätigte diesen Sachverhalt, sodass angesichts der formal-juristischen Beweislage keinerlei Zweifel an dieser Aussage angebracht waren. Noch in der Röntgenabteilung des Krankenhauses, noch während der Anlage eines Gipsverbandes, fieberte Herr Schneider auf. Die Ärzte behielten ihn, zunächst nur zur Beobachtung, stationär in der Klinik. In der Rachenabstrich-Diagnostik wurde ein bislang unbekannter Virusstamm aus der Familie der Einzelstrang-RNA-Viren identifiziert. Elektronenmikroskopische Aufnahmen zeigten tatsächlich Viruspartikel, die einem Schlüssel, lateinisch *clavis,* ähnelten. In dem nun folgenden, rasanten wissenschaftlichen Namensgebungsprozess wurde der Stamm der *Claviviridae* ins Leben gerufen, das nachgewiesene Viruspartikel wurde nach dem ersten erkrankten Patienten *Clavivirus Schneideriensis* genannt. Die elektronenmikroskopischen Aufnahmen sahen in der Tat sehr ästhetisch aus – für Herrn Schneider allerdings waren sie der Schlüssel zur Unterwelt, denn sehr schnell, schon drei Tage nach der stationären Aufnahme, wurde er intubiert und beatmet, und nach 14 Tagen verstarb er im akuten Lungenversagen. Seine Ehefrau, adipös wie er selbst, schnitt besser ab. Sie erkrankte ebenfalls, wurde aber nicht beatmungspflichtig und konnte nach 14 Tagen wieder aus dem Krankenhaus entlassen werden, um sich der Beerdigung ihres Ehemanns und der weiteren Erziehung ihrer dicken Kinder zu widmen. Die Kinder erkrankten auch, mit allerdings milden Symptomen. Ihr Immunsystem schüttelte das Virus offenbar problemlos wieder ab.

»Tödliches Virus – Herkunft unklar«, so die Schlagzeile im ortsansässigen »Kreisboten«.

Diese vier in einer Lokalzeitung publizierten Worte sollten eine Wirkung zeigen, welche nahezu an die Tragweite pointierter biblischer Wahrheiten heranreichte. Die Nachricht breitete sich, unter Nutzung der modernen Kommunikationstechniken, schneller aus als das Virus selbst. Der Zimmernachbar von Herrn Schneider, Herr Müller, ein alter, dementer Mann mit chronisch obstruktiver Lungenerkrankung, erkrankte ebenfalls. Sein Zustand verschlechterte sich rapide. Auch er starb auf der Intensivstation des Krankenhauses, auch bei ihm wurde das schlüsselförmige RNA-Viruspartikel nachgewiesen. *Clavivirus Schneideriensis* hatte sein zweites Todesopfer gefordert.

Die Krankenschwester, welche Herrn Schneider und Herrn Müller betreut hatte, eine berufserfahrene, ältere Dame, entwickelte ebenfalls bald analoge Symptome: Kopfschmerzen, Geruchs- und Geschmacksstörungen, Diarrhoen. Sie aber überstand die Erkrankung, auch wenn ihr respiratorischer Zustand zwischenzeitlich sehr nahe um die Beatmungspflicht kreiste. Die branchenüblichen Hygienemaßnahmen wurden eingeleitet, Patientinnen und Patienten isoliert, Pflegepersonal und Ärztinnen und Ärzte wurden mit den entsprechenden Utensilien ausgestattet, Mund-Nasen-Schutz, Schutzkittel und Hände-Desinfektionsmittel. Den Angehörigen der Verstorbenen sprach man wegen der tragischen Verläufe ein tiefes Mitgefühl aus. Damit schien die politische Pflicht erledigt. Die Klinikleitung lobte sich in einer Pressemitteilung selbst für das ausgezeichnete Krisenmanagement und die Eindämmung der Gefahr für Leib und Leben. Die lokale Politik klatschte treuherzig Beifall und *poste* in den digitalen Medien zufrieden lächelnd mit der Geschäftsführung.

Allerdings soll man ja bekanntermaßen niemals den Tag vor dem Abend loben, auch und insbesondere nicht in der klinischen Medizin. Zur Überraschung für alle Beteiligten wurde nämlich einige Tage später eine weitere Person in ein benachbartes Krankenhaus eingelie-

fert, welche an denselben Symptomen litt: Fieber, Kopfschmerzen, Diarrhoen, Atemnot. Natürlich weiß jeder
drittklassige Arzt, dass viele verschiedene Erreger solche
Krankheitssymptome auslösen können, andere Virus-
stämme und Bakterien, aber auch Autoimmunerkran-
kungen. Und deshalb dauerte es zwei oder drei Tage,
bis die Diagnose feststand. Alle waren sehr überrascht,
als erneut ein schlüsselförmiges Viruspartikel im Nasen-
rachenabstrich der Patientin Maier nachgewiesen wurde,
und alle waren sehr betroffen, als sie zehn Tage später auf
der Intensivstation des Krankenhauses verstarb.

Nun verwandelte sich die Selbstgefälligkeit der politisch Verantwortlichen sehr schnell in Alarmstimmung,
man beriet hinter verschlossenen Türen und mit her-
vorgehaltener Hand. Das aufgemalte Lächeln für die
Fotografen der Lokalzeitungen wich einem, in Echtzeit,
unverstellten Entsetzen. Unklar blieb vor allem die Verbindung zwischen den verstorbenen Patienten Herren
Schneider und Müller und der Patientin Maier, denn
ein Verbreitungsweg des Erregers ließ sich nur über drei
entfernte Verwandte und sieben Kinder und Jugendliche
rekonstruieren. Eine Ahnung von Infektiosität und Ver-
breitungsgrad der Virusinfektion wehte die Eingeweih-
ten an, die Wörter »Seuche, Epidemie und Pandemie«
wurden diskutiert, und alle Beteiligten nickten ebenso
bedächtig wie bedeutungsvoll.

»Des isch a Soache für die nationale Inschtitutione«,
ließ der von den vielen politischen Sitzungen und dem
bayerischen Bier ganz dick gewordene Landrat vernehmen. In Bayern sind die Landräte sehr klug. In dieser

Angelegenheit durften der Politik keine Formfehler unterlaufen, und somit wurden die nationalen Institutionen, allen voran das Robert Koch-Institut, umgehend informiert. Es begann eine schwierige Zeit. Archetypen der Menschheitsgeschichte wurden im Bewusstsein der Bürgerinnen und Bürger wach, die Erzählungen der Vorfahren von Pest, Cholera und Typhus, von Syphilis, HIV und von der spanischen und der Schweinegrippe kursierten in der Bevölkerung. Das Ostallgäu wurde abgeriegelt, die Bewohner mussten in ihren Häusern bleiben, nur die notwendigsten beruflichen Tätigkeiten durften noch verrichtet werden. Das Infektionsschutzgesetz wurde erneuert und konsequent umgesetzt.

Im Europa des 21. Jahrhunderts war der Tod etwas Unvorstellbares geworden, ein Affront gegen die menschliche Selbstbestimmung. Er fand nur noch im Verborgenen statt, in den Kliniken oder in den stillen Kammern der Pflegeheime, die Öffentlichkeit wollte vom Tod nichts wissen. Umso unheimlicher verwob sich diese Virusinfektion jetzt in das allgemeine Bewusstsein. Ärztinnen und Ärzte wussten natürlich, dass diese Sicht der Dinge falsch war, dass eine unberechenbare Schicksalskomponente selbstverständlich zum menschlichen Leben hinzugehörte und dass der Tod immer noch am Ende des Lebens wartete, groß und unausweichlich. Jeden Tag sahen sie ihre Patienten tot umfallen – trotz all ihrer ärztlichen Bemühungen eben sehr oft ohne Wiederkehr. Auch fragten sich die Ärzte hin und wieder, warum die Menschen ihren Zorn auf das Schicksal nicht gegen sich selbst richteten, saßen sie doch stundenlang vor ihren Computern, gaben sich den virtuellen Welten hin, degenerierten fettig und rauchten dazu im Zweifelsfall auch noch Zigaretten. Von ärztlicher Seite waren die Konsequenzen dieses Lebensstils schwer therapierbar. Aber die Menschen der Gegenwart sahen das nicht so. Im Gegenteil: Für jeden Toten wurde ein Verantwortlicher identifiziert, und meistens waren natürlich die behandelnden Ärztinnen und Ärzte schuld, wenn die für selbstverständlich erachtete Reparatur im Krankenhaus nicht gelang.

In diese Vorstellungswelt, diese Philosophie ohne Transzendenz, passte ein unkontrollierbares Virus definitiv nicht hinein. Abstruse Vorstellungen wurden öffentlich transparent. Zunächst sagten alle, inclusive des Gesundheitsministeriums, »der Virus«, obwohl es ja bekanntermaßen »das Virus« heißt. Von einer Gesundheitsministerin, die bereits öffentlich geäußert hatte, dass »wir in zehn Jahren den Krebs besiegt haben«, und die damit ihr vollkommenes Unverständnis von Tumorbiologie *coram publico* dokumentierte, kann man allerdings wirklich nicht viel erwarten. Sie war lesbisch. Böse Zungen behaupteten, ihre sexuelle Minderheiten-Orientierung sei sogar die Hauptqualifikation für das Ministeramt gewesen. Da sie aber auch eine Bankkauffrauausbildung bis zum Abschluss durchlaufen hatte, war eine derartige Verleumdung unzutreffend. Der Bundeskanzler, der sich bald zu Wort meldete, bezeichnete das Virus vorwurfsvoll als eine »Zumutung«, die man »gemeinsam mit allen Mitteln bekämpfen müsse«.

Clavivirus Schneideriensis allerdings verbreitete sich

65

ohne jeglichen Respekt vor der politischen Obrigkeit des Landes zunächst in Bayern, dann in ganz Süddeutschland, dann in Deutschland, dann in Europa, dann in der ganzen Welt. Es machte sich dabei wie zufällig das Faktum zunutze, dass die Menschen des beginnenden 21. Jahrhunderts sowohl privat als auch beruflich global vernetzt waren. Wer nicht mindestens zehnmal im Jahr »auf den Flieger stieg«, galt als gescheiterte Existenz, jeder – von der Putzfrau bis zum Unternehmensmanager – flog mehrmals pro Jahr in den Urlaub, türkische Riviera, Strand und Swimmingpool, oder eben gleich Jachturlaub in der Karibik. Hinzu addierte sich das *global business*, die Geschäftsreisen, heute Shanghai, morgen New York und in der Woche darauf Kuala Lumpur – die Flugzeuge, die, von Kerosin angetrieben, in der Nacht an jedem Ort der Welt ein bizarres Gitternetz über den Himmel zeichneten, welches Künstler zur bildlichen Verewigung animierte, pumpten Billiarden Tonnen Emissionen in die Atmosphäre. Die Erde erwärmte sich, das Eis an den Polen schmolz, der Meeresspiegel stieg. Die Eisbären starben, die Pinguine, die Wale. Parallel dazu holzte der Mensch, die krasse Monokultur Mensch, hunderttausende Quadratkilometer Urwald ab, in Afrika und in Südamerika, und die weltweite Photosynthese-Leistung reduzierte sich Jahr um Jahr.

Wo sollten die Löwen brüllen und wo die Panther springen? Wo sollten die Steinadler schreien und die Habichte kreisen? Aus der Vogelperspektive betrachtet waren die Menschen, IMHO, ein ziemlich widerliches

Geschlecht. Sie machten, ohne jede Selbstreflexion, einfach alles kaputt. FUBAR. Kein Wunder, dass *Clavivirus Schneideriensis* sich anschickte, dieses rücksichtslose Menschengeschlecht zu dezimieren, denn sympathisch war es in der Tat überhaupt nicht.

*

Und Popper?

Popper verhielt sich unauffällig, er kochte und putzte. Er war zu einem Mitglied unserer Familie geworden. Meine Eltern liebten Popper, das Haus war immer sauber, und das Essen schmeckte immer gut. Manchmal machte Popper, wie zufällig, einen kleinen Fehler (ich glaube, er tat dies mit Absicht), ließ einen Teller fallen oder salzte die Suppe zu sehr. Vater und Mutter lächelten dann nachsichtig, und Poppers Augen funkelten schwarz. Niclas und ich zwinkerten sich zu.

»Popper – gut«, schepperte Popper.

»Du lobst dich doch nicht etwa selbst, oder?«, fragte meine Mutter. Aber Popper gab keine Antwort.

Kurios, kurios. Zwischen meinem wohlhabenden, aber mürrischen Vater und meiner etwas überdrehten Mutter, die mit verzweifelter Panik und ästhetischer Chirurgie dem Altwerden zu entrinnen suchte, hatte gewissermaßen ein Liebes-*Comeback* stattgefunden, man gewann tatsächlich den Eindruck, dass sie sich gegenseitig wieder wahrnahmen, wenn sie sich begegneten. Und parallel zu dieser abgehalfterten Liebe entwickelte sich die junge Liebe zwischen Sonja und mir – also das, was man eigentlich unter »Liebe« versteht. Eben kein seniles Gefühlsgekräusel.

Es gab viel zu entdecken. Sonja entdeckte den männlichen, ich entdeckte den weiblichen Körper. Da ich ja nur einen Bruder und keine Schwester hatte, war ich erstaunt darüber, wie schön, rund und sanft geschwungen der Schöpfer den jungen, weiblichen Organismus konzipiert hatte, und wie weit überlegen sich die physische Welt mit ihrer Kombination aus Geruchs-, Geschmacks-, Seh- und Tastsinn gegenüber der digitalen Welt mit ihren virtuellen Trugbildern erwies. Ich war sozusagen vom *digital adict* zum *anatomical adict* geworden, wollte ständig küssen und fummeln. Da Sonja auch gerade nichts anderes vorhatte, tummelten wir uns viele Stunden des Tages ausgelassen auf dem Spielplatz der Liebe. Niclas grinste und schlug die Augen zum Himmel. Es war eine coole Zeit.

Während sich die Welt mit *Clavivirus Schneideriensis* herumschlug und die digitalen Medien sich in monistischer Weise mit diesem Thema füllten, *postete* meine Mutter in ihre *WhatsApp*-Gruppe ein Bild von uns allen mit dem Titel »Der kleine Roboter, der glücklich macht«. Popper stand unscheinbar in unserer Mitte, und meine Mutter lächelte durch die aufgespritzten Lippen.

Am Folgetag gingen unerwartet die ersten Bestellungen ein. Meine Eltern fragten uns, ob wir noch mehr Poppers herstellen könnten. Aber sie fragten nachdenklich und gewissermaßen eifersüchtig, mit einem zärtlichen Blick auf unseren Humanoiden, den sie eigentlich mit niemandem teilen wollten. Auch wir reagierten zurückhaltend.

Zwar hatten wir den Stick mit den HEEEG-Ableitungen sorgfältig aufbewahrt, er lag in meinem Zimmer rechts hinten in der Schublade mit den Unterhosen, einem perfekten Versteck sozusagen. Aber die Vorstellung, dass auch andere Menschen Popper (oder eine Kopie von ihm) ihr Eigen nennen könnten, schreckte uns instinktiv ab. Wir schüttelten also die Köpfe, und Vater und Mutter ließen es für den Augenblick gut sein. Aber wenigstens Sonjas alleinerziehender Vater hatte natürlich Unterstützung verdient, schließlich zählte Sonja zu den direkten Schöpfern des »Roboters, der glücklich macht«.

Wir besprachen das miteinander.

»Papa hat's verdient«, sagte Sonja, und Tränen traten in ihre Augen. »Seit Mama mit ihrem Guru abgezogen ist, ist er ziemlich alleine. Popper 2 könnte ihm Gesellschaft leisten. Was meinst du dazu, Popper?«

Sonja versuchte immer wieder von neuem, Popper zu einer Antwort zu bewegen, aber Popper schwieg. Auch in emotionalen Momenten behielt die biologisch ertüchtigte AI die Kontrolle. Wir warteten, aber auch eine verzögerte Stellungnahme unseres geliebten Humanoiden blieb aus. Seine Augen leuchteten rot.

»*Und – immer – zirkuliert – ein – neues – frisches – Blut*«, schepperte er plötzlich.

Wir blickten uns fragend an. Schließlich zuckte Sonja mit den Achseln.

Vielleicht kann Papa Popper ja wenigstens hin und wieder mal ausleihen«, sagte sie dann.

*

Das kleine, gehirnlose Mikropartikel *Clavivirus Schneideriensis* veränderte die Erde. Die Krone der Schöpfung, der vom Telencephalon dominierte Mensch, erwies sich im direkten Vergleich als erstaunlich hilflos. Tausende Stimmen ertönten plötzlich in den Medien, tausende Experten meldeten sich zu Wort. Wenn wir abends gemeinsam vor dem Fernseher saßen, die Nachrichten verfolgten und die dümmlich verzweifelten Kommentare der profilsüchtigen Halbgebildeten verfolgten, die überall wie Pilze aus dem virusverseuchten Boden sprossen, blickten Niclas und ich oftmals verstohlen zu Popper hinüber. Der Grasfrosch erstand wieder vor unserem geistigen Auge, sein Sprung über Poppers Metallfuß in das grüne Teichwasser unterhalb der Ruine Eisenberg lief als Film in unserem Gedächtnis ab. Und ich wusste genau, dass Nicky dieselben Fragen bewegten: Hatte diese Berührung zwischen Grasfrosch und Popper irgendetwas mit dem Ausbruch von *Clavivirus Schneideriensis* zu tun? Oder war das zeitliche und räumliche Zusammentreffen der von uns geschaffenen künstlichen Intelligenz mit der Familie der Braunfrösche und der darauffolgende Beginn der Seuche lediglich ein Zufall? Wir ahnten die Antwort. Aber Popper, unser kleiner metallischer Schneemann, sah so niedlich aus. Er betrachtete den Bildschirm, und seine Augen leuchteten rot.

In einer Sendepause schepperte er plötzlich:

»Es — hatte — aber — alle — Welt — einerlei — Zunge — und — Sprache. — Als — sie — nun — von — Osten aufbrachen — fanden — sie — eine — Ebene — im — Lande — Schinar — und — wohnten — daselbst. — Und — sie — sprachen — untereinander: — Wohlauf — lasst — uns — Ziegel — streichen — und

brennen – und – nahmen – Ziegel – als – Stein – und – Erdharz – als – Mörtel – und – sprachen: – Wohlauf – lasst – uns – eine – Stadt – und – einen – Turm – bauen – dessen – Spitze – bis – an – den – Himmel – reiche – dass – wir – uns – einen – Namen – machen – denn – wir – werden – sonst – zerstreut – über – die – ganze – Erde.

Da – fuhr – der – Herr - hernieder – dass – er – sähe – die – Stadt – und – den – Turm – die – die – Menschenkinder – bauten. – Und – der – Herr – sprach: – Sieh – es – ist – einerlei – Volk – und – einerlei – Sprache – unter – ihnen – allen – und – dies – ist – der – Anfang – ihres – Tuns – nun – wird – ihnen – nichts – mehr – verwehrt – werden – können – von – allem – was – sie – sich – vorgenommen – haben – zu – tun. – Wohlauf – lasst – uns – herniederfahren – und – dort – ihre – Sprache – verwirren – dass – keiner – des – andern – Sprache – verstehe!

So – zerstreute – sie – der – Herr – von – dort – über – die – ganze – Erde – dass – sie – aufhören – mussten – die – Stadt – zu – bauen. – Daher – heißt – ihr – Name – Babel – weil – der – Herr – daselbst – verwirrt – hat – aller – Welt – Sprache – und – sie – von – dort – zerstreut – hat – über – die – ganze – Erde.« – (Gen 11,1–9).

Wir blickten uns wieder einmal verwundert an. Auch meine Eltern waren offensichtlich überrascht.

»Popper kann die Bibel auswendig«, ließ meine Mutter staunend vernehmen.

Mein Vater nickte: »Aber was hat der Turmbau zu Babel an dieser Stelle verloren?«, fragte er uns.

Ich überlegte: »Vielleicht geht es irgendwie um das Thema *Hybris*. Wir haben das im Lateinunterricht besprochen. *Prometheus, Tantalus, Sisyphus* – alle drei verfielen der Hybris, haben den Respekt vor den Göttern verloren, und alle drei mussten dafür bitter büßen. Vielleicht ist das dümmliche Stimmengewirr, das wir jetzt andauernd vernehmen, von Gott bewusst inszeniert worden, um die *Hybris* der Menschen im 21. Jahrhundert zu bestrafen, den Wahn, sich immer weiter optimieren und das Leben ins Unendliche hinausdehnen zu können, dieses mythenentleerte, transzendenzfreie Leben, diesseitig, flachköpfig, ichbezogen. Vielleicht bringt *Clavivirus Schneideriensis* den Turm bewusst zum Wanken, verwirrt die Kommunikation, um der Arroganz der Spezies Mensch Grenzen aufzuzeigen, die Menschheit zu dezimieren, die *Hybris* des Unsterblichkeitswahns zu stoppen. Vielleicht hat es in Urzeiten schon die Dinosaurier ausgerottet und rottet jetzt, aus analogen Gründen, uns aus. KP.«

»Vielleicht ist es aber auch nur ein verdammter Zufall im Strudel der Zeit«, antwortete Niclas.

»*Tristan – Niclas – nachdenklich*«, schepperte Popper, und seine Augen leuchteten schwarz.

»FML«, sagte Sonja. »Ihr werdet noch voll die Philosophie-Nerds, wenn es so weiter geht. Bei dir ist's ja kein Wunder, Nicky. Aber Tristan. Was geht da ab?«

Ein gewisser Stolz war ihren Worten zu entnehmen.

»Das haben wir alles unserem kleinen Roboter-Schneemann zu verdanken«, sagte meine Mutter zärtlich.

Mir fiel auf, dass sie sich in den letzten Wochen gar nicht mehr so stark schminkte.

*

Immer verändert sich das Leben, immer wandelt sich die Welt. *Panta rhei. Time4change. Ohne Rührung sieht er, wie die Erde eine and're ward als ihm begann …*

Aber ich, der notorische *Loser* Tristan Trusheim, empfinde, *frankly spoken*, schon eine gewisse Rührung. Immerhin gab es einmal eine Zeit, in der wir jeden Morgen um 7:45 Uhr in die Schule gehen durften. Da hatten wir tatsächlich mit Gleichaltrigen direkten Kontakt, konnten uns mit ihnen unterhalten und messen, wetteifern in Wort und Tat, Körper und Geist. Wir konnten die Lehrer beobachten und uns genau überlegen, wie wir werden wollten und wie nicht. Die Jungs konnten die Mädchen anschauen und die Mädchen die Jungs.

Jetzt trafen wir uns nur noch über TEAMS und ZOOM, verabredeten uns digital. Die Kameras filmten uns von schräg unten und verzerrten die Gesichter, Hackfresse an Hackfresse sozusagen. Übrigens sahen besonders die Lehrerinnen und Lehrer in den digitalen Welten nicht eben schön aus. Sie waren dick geworden in der *Clavivirus*-Quarantäne, welche uns von den Politikerinnen und Politikern des Landes zwangsweise verordnet wurde, und ihre Mundwinkel hingen frustriert nach unten. Ich habe es nicht so richtig gecheckt. Sonja und Niclas übrigens auch nicht. Wenn ein Kind oder ein Jugendlicher mit *Clavivirus Schneideriensis* infiziert war, trat kaum irgendeine Krankheitssymptomatik auf, er oder sie hustete ein bisschen oder hatte ein bisschen Fieber, und dann war es auch schon wieder vorbei. Die Gefahr für Kinder und Jugendliche, ernsthaft zu erkranken, lag im Promillebereich oder noch darunter. Trotzdem wurden wir auf staatliche Anordnung in unsere Zimmer eingesperrt. Natürlich konnten wir theoretisch das Virus auf die Erwachsenen übertragen, und dann stieg die Gefahr einer ernsthaften Erkrankung, je nach tatsächlicher Altersgruppe, auf ein oder maximal zwei Prozent. Unter den Erwachsenen erkrankten vorwiegend die Ältesten sehr schwer, oder die Dicken, die Hypertoniker, die Diabetiker und die Raucher. Wir Kinder und Jugendlichen galten als »ansteckend«, deshalb machten adipöse Politikerinnen und Politiker die Schulen zu und sperrten uns weg. Man wollte angeblich das Gesundheitswesen nicht überlasten und die Intensivkapazitäten schonen. Aber wir rannten ja sowieso fast zwei Jahre ständig mit diesen furchtbar juckenden Gesichtsmasken durch die Gegend. Da mussten sie uns doch nicht auch noch alle in den Keller sperren.

Manchmal saßen wir mit Popper zusammen und stellten ihm Fragen. Er beantwortete sie natürlich nicht. Trotzdem fanden wir diese Zusammenkünfte schön. Warum eigentlich? Warum stellt man so gerne Fragen an jemanden, der nur durch Zuhören antwortet? KP.

Sonja jedenfalls fragte empört: »Mit welchem Recht verwehrt man den Kindern und Jugendlichen den Schulbesuch und gefährdet unsere Bildung und Zukunft, um den Hochbetagten in Deutschland noch ein oder zwei Lebensjahre zusätzlich zu ermöglichen?«

Niclas nickte. »Oder anders ausgedrückt: Ist es besser, in die Zukunft oder in die Vergangenheit zu investieren?«, setzte er hinzu.

Ich schüttelte zweifelnd den Kopf. »Im ethischen Sinne

darf man das nicht gegeneinander gewichten«, antwortete ich. »Jedes Leben ist gleich viel wert.«

»Stimmt. Der Gedanke, sich zugunsten der nächsten Generation selbst zurückzunehmen, müsste den Alten eigentlich irgendwann einmal selbst kommen«, sagte Sonja. »*Game over*. EOT. Aber wir dürfen das natürlich nicht aussprechen.«

»Ist auch leicht gesagt, wenn man das ganze Leben noch vor sich hat, Sonja«, warf Niclas ein.

»*Part of the game*«, entgegnete Sonja. »Irgendwann sind wir alle dran. Und ich würde mich freuen, wenn ich im hohen Lebensalter etwas anderes im Sinn hätte als mein eigenes Ego und mein eigenes *well-being*.«

Niclas winkte ab. »Wirst du nicht«, sagte er. »Schau dich doch einmal um, lerne am Beispiel. Die Erwachsenen haben nur sich selbst im Kopf, werden im Laufe des Lebens von Jahr zu Jahr dicker, machtbesessener und egomaner. Sieh dir die Lehrer an. Wie absurd sie argumentieren! Die Lehrergewerkschaft – wie sie sich gegen einen regelhaften Schulbetrieb organisiert! Wir Schülerinnen und Schüler werden als »Infektionstreiber« betrachtet, vor denen man sich in erster Linie schützen muss. Schulische Bildung verdienen wir nur, wenn sie uns digital serviert wird. Und dazu haben viele Lehrerinnen und Lehrer auch keine Lust. Sie werden ja als Beamte auch fürs Zuhausebleiben bezahlt.«

»Was sollen eigentlich die Pflegerinnen und Pfleger, Ärztinnen und Ärzte sagen, denen jeden Tag der *Clavivirus*-Rotz über den Arm läuft, während sie die Patientinnen und Patienten auf den Intensivstationen vom

Rücken auf den Bauch und dann wieder vom Bauch auf den Rücken drehen?«, fragte ich in die Runde. »Sie sind näher an der Infektionsquelle als jeder andere Berufsstand.«

»Das betrachtet die Gesellschaft als selbstverständlich«, sagte Nicky. »Berufsethos. Sie hätten ja nicht Ärzte oder Pfleger werden müssen. Vor kurzem hat mir jemand von einem Geschäftsführer eines Krankenhauses erzählt, der an der Türschwelle der Intensivstation stehen blieb und den ärztlichen und pflegerischen Mitarbeitern aus der Ferne mit den Worten zuwinkte, er wolle nur einmal nach dem Rechten sehen und ob alles in Ordnung sei. Wie kann man nur so feige sein?«

»Aber diese Berufsgruppen werden ja als Erste geimpft«, sagte Sonja mit einem fragenden Unterton. »Ist wohl schon okay so!«

»Oh ja«, sagte Nicky sarkastisch. »… als Erste geimpft …: Auch das ist ein ganz besonderes Kapitel in der Geschichte dieser Seuche und ihrer Auswüchse. Im Schweinsgalopp wurden mehrere Pharmafirmen aktiv, einige davon innovativ und geistreich, andere konservativ und gemeingefährlich. Impfstoffe, die in früheren Zeiten innerhalb von zehn Jahren sicher keine Zulassung erhalten hätten, wurden innerhalb eines einzigen Jahres auf den Markt geprügelt. Klinische Studien wurden übersprungen oder verkürzt, die Zulassungsbehörden argumentieren mit der Notlage. *Der Nutzen überwiegt bei weitem die Risiken* – so die offizielle Stellungnahme nach jedem Todesfall durch Impfung. CAPA, *corrective action preventive action*. Einziges Problem, dass es genau diejenigen trifft, die durch eine *Clavivirus Schneideriensis*-Infektion am wenigsten Schaden nehmen würden – junge Frauen und Männer nämlich. Die jungen Frauen sterben an Sinusvenenthrombosen, venösen Blutabflussstörungen im Kopf. Diese hemmen den Blutrückfluss zum Herzen, das gestaute Blut breitet sich im Kopf aus und zerquetscht die Gehirnstrukturen. Ein ziemlich ekelhafter Tod, soviel ich weiß. Die jungen Männer sterben an Herzmuskelentzündungen. Aber klar: Betrachtet man das Ganze als Feldversuch, dann ist die Todesrate in der Gesamtpopulation der *Clavivirus*-Infizierten, nicht Geimpften höher als in der derjenigen der *Clavivirus*-infizierten, Geimpften. Altersadjustierung, fast schon einem stochastischen, gesunden Menschenverstand entsprechend – wozu das? Fremdwort. Pustekuchen. Wir sind ja auch nur Viecher. Die Heerschar der Nutzlosen sozusagen, Schaum auf der Welle, eine Nummer im unendlichen, namenlosen Zahlenmeer der Untertanen. Da kann man dann schon mal ein paar tödliche Experimente mit uns veranstalten.«

»Na ja«, sagte Sonja. »So einfach ist das alles ja auch nicht.«

»Das stimmt«, antwortete ich. »Und die Impfung ist die einzige Chance, aus dieser ganzen Misere wieder herauszufinden.«

»Und die Tests«, ergänzte Sonja.

»Oh ja, die Tests«, antwortete Niclas, ebenso sarkastisch wie vorher. »Jeder popelt sich jetzt mit einem Stäbchen selbst in der Nase herum und schmiert dann alles auf einen Teststreifen. Das Ergebnis ist positiv oder negativ oder falsch positiv oder falsch negativ. Oder nichts von allem, weil der Test überhaupt nicht richtig durchgeführt wurde. Man weiß es nicht so genau.«

»*Was – man – nicht – weiß, – das – eben – bräuchte – man.*

Und – was – man – weiß, – kann – man – nicht – brauchen«, schepperte Popper.

Wir blickten uns irritiert an.

Sonja schlug die Augen zum Himmel: »FML, was soll das jetzt schon wieder heißen?«, fragte sie Popper, aber der antwortete natürlich mal wieder nicht.

»Ignorier' es einfach, Sonja«, sagte ich. »Und du, *superbro*, was schlägst du also stattdessen vor?«, fragte ich.

»Nicht testen! Jedenfalls keine Gesunden, sondern nur Erkrankte. So, wie man das meines Wissens, von wenigen Ausnahmen abgesehen, vor der *Clavivirus*-Pandemie in der klinischen Medizin immer gemacht hat.«

»Soso, Herr Professor«, bemerkte Sonja an dieser Stelle.

»In der Tat«, antwortete Niclas grinsend. »Derzeit ist ja quasi jeder Professor für Medizin, allen voran unsere Gesundheitsministerin. Zumindest aber Gesundheitsexpertin. Da kann ich dann auch mitspielen. Aber ernsthaft: Ich verstehe mit meinem naiven Verstand eben nicht, wieso über ein wildes Herumgeteste von gesunden, asymptomatischen Frauen und Männern sowohl die Fallzahlen als auch die allgemeine gesellschaftliche Panik künstlich hochgehalten werden. Hat das nicht tatsächlich etwas von einer herbeigetesteten Pandemie?«

»Die Gesunden testet man, weil eben auch Gesunde, wenn sie infiziert sind, das Virus weitertragen können.

Sie werden dann vom Gesundheitsamt in Quarantäne geschickt«, erläuterte Sonja altklug.

»Aber theoretisch haben doch sowieso alle ihre FFP2-Masken über Mund und Nase gestülpt«, entgegnete Niclas. »Vielleicht wäre es besser, diese eine Hygieneregel konsequent und rechtskräftig umzusetzen, als stattdessen ganz Deutschland in den wirtschaftlichen Winterschlaf zu legen, die Bürgerinnen und Bürger zu ruinieren und damit Widerstände gegen alles Mögliche heraufzubeschwören. Die Gesunden müssen arbeiten, gleichgültig ob sie nun *Clavivirus*-positiv oder -negativ sind.«

»FML! Niclas, der Schrägdenker«, rief Sonja aus.

Niclas seufzte tief: »Schrägdenker, was für ein Begriff. Ich habe einfach die Nase voll vom Eingesperrtsein, von der öffentlichen Diffamierung der Kinder und Jugendlichen, von der selbstverständlich hingenommenen Aussetzung des Schulbetriebes, von der Lahmlegung des Kulturbetriebes und von der Zwangsdigitalisierung und -virtualisierung unseres Alltagslebens. Wir können nur hoffen, dass die tatsächlich wirksamen Impfstoffe oder vermutlich noch eher die Durchseuchung der Bevölkerung insgesamt die Pandemie irgendwann zum Erliegen bringen.«

»Genau«, stimmte ich nachdenklich zu. »Alle reden nur noch über die *Clavivirus*-Pandemie. Es nervt.«

»U – U – U – C – A – C – C – A – A – G – A – A – U – G – U – A – G – U – U«, schepperte Popper.

Wir blickten ihn wieder einmal verständnislos an.

»Ich glaube, das ist eine Basensequenz«, sagte Niclas stirnrunzelnd.

Popper tauchte zunehmend in eine eigene Sphäre ab. Seine von Anfang an nur sehr geringen kommunikativen Bestrebungen hatte er inzwischen nahezu vollständig eingestellt. Seine Augen leuchteten schwarz und rot im Wechsel.

*

In den folgenden Wochen und Monaten vervielfältigten sich sowohl die Popperkopien als auch die Todeszahlen bei *Clavivirus Schneideriensis*-Infektion.

Die Ursache für die Popper-Multiplikation ist schnell erzählt. Das Bild vom »kleinen Roboter, der glücklich macht«, verbreitete sich rasant im Internet. Es generierte innerhalb weniger Wochen eine Millionen *Likes*. Gleichzeitig stieg in Deutschland durch die Pandemie der wirtschaftliche Druck auf die Unternehmen, weil die politisch verordneten Quarantänemaßnahmen viele nationale und internationale Geschäftszweige lahmlegten. Hotels, Reisebüros und Fluglinien waren beschäftigungslos, der Einzelhandel kollabierte, die Kulturbranche erlebte einen Erdrutsch. Viele Menschen entwickelten eine bislang ungekannte soziale Phobie und nahmen sich gegenseitig in erster Linie als Infektionstreiber wahr, die es zu meiden galt. Ein Infizierter, der das Virus weitertrug, wurde als »Superspreader« stigmatisiert und für die nahe Zukunft geächtet. Die Menschen reisten nicht mehr, flogen nicht mehr, mieteten sich in keine Hotels mehr ein, wollten sich nicht mehr begegnen. Auf der Straße gingen sie in weitem Bogen aneinander vorbei.

Der Einzelhandel kam zum Erliegen. Geschäfte und Einkaufszentren schlossen die Pforten.

Anfangs versprachen die Politikerinnen und Politiker des Landes noch sogenannte »staatliche Überbrückungshilfen«, die Unternehmen erhielten Ausgleichszahlungen für die unverschuldet erlittenen Verluste. Das war richtig und gut, wenn auch sehr teuer. Aber die Pandemie zog sich hin, und je länger sie dauerte, desto weniger politisches Erinnerungsvermögen bezüglich des einmal gegebenen Wortes war zu verzeichnen. Verständlicherweise übrigens, denn es gab, entgegen allen Beteuerungen und Beschwichtigungsversuchen, einfach kein Geld mehr. Die Steuereinnahmen aus den mittelständischen Unternehmen, welche Deutschland jahrelang reich gemacht hatten, brachen ein. Die Kassen der Kommunen leerten sich. Den Politikern des Landes, die seit Jahren gewohnt waren, das Geld aus den Staatskassen mit vollen Händen aus dem Fenster hinauszuwerfen, standen plötzlich keine Steuergelder mehr zur Verfügung. Da es in ihrer Zunft nicht üblich war, Geld mit eigener Hände Arbeit zu verdienen, wurden den Politikern diese Veränderungen zunächst gar nicht bewusst. Sie schütteten weiterhin großzügig Geld aus, und wenn keines mehr da war, dann ließen sie es eben drucken. VS, *very simple*. Deutschland rutschte in die Inflation, langsam erst, dann immer schneller. Wer gespart hatte, war der Dumme. Wer Schulden hatte, war aber auch schlecht dran. Der fleißige deutsche Mittelstand schlitterte in die Armut. Gleichzeitig bereicherten sich korrupte Politiker und Funktionäre an sogenannten »Maskendeals«, indem sie Tantiemen für die Vermittlungen staatlicher Einkäufe von Schutzbekleidung kassierten. Die Korruption blühte.

Die Pandemie, ähnlich einem Krieg, kehrte nur das Schlechteste aus den Menschen hervor. *Ecce homo*-Schauer des aufmerksamen Betrachters. Eitelkeit und Selbstdarstellung brillierten in einem lange nicht mehr erlebten Umfang. Politikerinnen und Politiker vermarkteten sich als »Retter von Menschenleben« und räkelten sich selbstgefällig vor der Presse. Macht zirkulierte. Staatliche Überwachung der Bürgerinnen und Bürger wurde über das Schüren irrationaler Ängste legalisiert. In medizinischer Hinsicht unsinnige Maßnahmen wurden flächendeckend erzwungen. Teure »Impfzentren« wurden errichtet. Hausärzte wurden entmachtet, obwohl eben die deutschen Hausärzte seit Jahrzehnten alle möglichen Impfungen routinemäßig verabreichten. Politiker ließen sich während ihrer eigenen Impfung öffentlichkeitswirksam ablichten und missbrauchten dabei die Impfzentren als Repräsentationspaläste.

Wieder einmal in der mehr oder auch weniger bedeutsamen Geschichte der Menschheit entpuppte sich das Streben nach Macht als Movens der Dinge, nichts anderes, nichts sonst. In einer Phase, in der Deutschland eine umsichtige, selbstlose Führung benötigt hätte, einen Blick aus der Vogelperspektive auf die Notwendigkeiten der Zeit, wurde eine Heerschar von grotesken Selbstdarstellern nach oben gespült, brustklopfende, substanzlose Narzissten in Protzpose wurden salonfähig und machten das politische Rennen.

»Ach – bitter – bereut –
wer – des – Weisen – Rat – scheut –
Und – vom – Alter – sich – nicht – lässt – beraten –
sagte – das – Weib – zum – Soldaten«, schepperte es aus
der Tiefe des Raums.

Es gab Länder, die anders reagierten, allen voran
Schweden. Hier wurden die Freiheitsrechte sehr viel
vorsichtiger eingeschränkt. Hier blieben die Schulen bis
zur 9. Klasse offen, die Kinder wurden nicht zu Hause
eingesperrt. Die Restaurants durften Gäste empfangen,
die Hotels ebenfalls. Schweden wurde von der deutschen
Presse scharf kritisiert. Die *»Clavivirus*-Todeszahlen«
Schwedens wurden mit den deutschen verglichen, und
man kam schnell und selbstgefällig zu dem Schluss, dass
Deutschland eigentlich alles viel besser machte. Natürlich glaubten die Menschen, was die Presse schrieb, sie
hatten das schon immer getan.

Tagesaktuell ist die Macht meistens im Recht. Erst in
der Retrospektive fällt die Objektivität leicht, moralische
Verwerflichkeit wird fast immer nur den Mächtigen der
Vergangenheit attestiert. In der lebendigen Gegenwart
müssen die Kritiker mit zu vielen Unannehmlichkeiten
rechnen. Ein gängiges Beispiel ist die Zeit des Nationalsozialismus: Aus heutiger, eher zeitloser Sicht waren
die Nationalsozialisten und ihre Anhänger unvorstellbar
böse. Immer wieder wird heutzutage eindringlich vor
Antisemitismus und rechtem Nationalismus gewarnt.
Zu Zeiten ihrer Regierungstätigkeit aber leistete kaum
jemand ernsthaft Widerstand. Es war nicht opportun,
hatte persönliche Nachteile zur Folge. DUW, duck und

weg. Die Menschen im vierten und fünften Jahrzehnt des 20. Jahrhunderts waren im Durchschnitt aber sicher nicht schlechter als die Menschen im dritten Jahrzehnt des 21. Jahrhunderts. Nein, der Nationalsozialismus war eben keine zufällige kollektive Verfehlung. Er begann als Stimme des Volkes, die Menschen zogen sehr bewusst ihren Vorteil aus den politischen Verhältnissen, und sie nahmen ebenso still und bewusst in Kauf, dass ihre nicht begünstigten, vielleicht fleißigeren und beneideten Mitmenschen jüdischer Abstammung reihenweise in die Konzentrationslager abtransportiert wurden. Sie haben es alle gewusst, und dennoch jubelten im Jahr 1938 achtzig Prozent aller Deutschen Adolf Hitler zu.

Ich setze einfach noch eins drauf: Ähnliche Mechanismen greifen im dritten Jahrzehnt des 21. Jahrhunderts auch wieder, denn noch einmal: Die Menschen waren damals wie heute gleich. Es wurde damals wie heute zwischen den Regierungskonformen und den Regierungskritikern unterschieden, wobei letztere in Zeiten der *Clavivirus*-Pandemie medial als »*Clavivirus*-Leugner«, »Impfgegner« oder »Schrägdenker« diskreditiert wurden. Öffentliche Kritik wurde vor 90 Jahren brutal unterbunden, und im 21. Jahrhundert wird sie es auch. Alle bleiben im Keller. Basta. Alles andere ist zu gefährlich. Basta. Andere sexuelle Orientierung? Okay (bis erwünscht). Andere ethnische Herkunft? Okay (bis erwünscht). Andere Einstellung zur *Clavivirus*-Pandemie? *No way.* Unerwünscht. Kostete die Ehre, kostete den Job. Vor 90 Jahren durfte man zum Judentum keine abweichende Meinung haben, im 21. Jahrhundert galt dasselbe für die *Clavivirus*-Pandemie. Dabei waren die moralischen Absichten der Regierenden unlängst wohl nicht ganz so verwerflich, man wollte ja ausdrücklich »Menschenleben retten«. Aber Andersdenkende wurden dabei genauso brutal zum Schweigen gebracht wie im letzten Jahrhundert, sie wurden sozial und beruflich geächtet. Weil sie ja ganz offensichtlich, für jeden gesunden Menschenverstand nachvollziehbar, falsch lagen. Professoren, insbesondere langjährige Institutsleiter für Mikrobiologie, Infektiologie und Virologie, alte graue Männer – sie lagen offensichtlich falsch. Woher sollten sie vom Leben auch etwas wissen? Besser konnte es die lesbische Bankkauffrau oder die Briefträgerin oder der Wissenschaftsjournalist, der zweifelsfrei recherchiert hatte, dass es zu diesem Thema »eine Studie gibt«. Ja, das Leben ist so simpel, und die Zusammenhänge für jedes Durchschnittshirn mit medialer Unterstützung absolut transparent.

»Ach, bitter bereut,
wer des Weisen Rat scheut.
Und vom Alter sich nicht lässt beraten …«

Aber vielleicht sehe ich das auch alles falsch. Ich bin ein dummer Jugendlicher mit relativ wenig Verstand.

*

So weit, so gut. Die Poppers vermehrten sich wie die Kaninchen, die Todeszahlen mit *Clavivirus*-Infektion ebenfalls. Natürlich entwickelten sich letztere wellenförmig, mal stiegen sie, mal fielen sie wieder ab, so ist das eben im Wechselspiel von Infektion und Immunität, von Virulenz und Resistenz, aber in der Summe nahmen sie kontinuierlich zu.

Wir wurden unvorstellbar reich. Denn Popper konnte ja nur Popper sein, wenn er biologisch ertüchtigt wurde. Und wir, Sonja, Nicky und ich, waren die einzigen, die das vermochten. Unser *Stick* mit den *Trisnicson*-Potenzialen war längst aus der Unterhosenschublade in einen geheimen Banktresor gewandert, stand unter Patentschutz und wurde nur zeitweise, unter optimalen Sicherheitsbedingungen, aus dem Tresor hervorgezogen, um die nächste Generation von Poppers zu erzeugen, die wir dann gegen teures Geld in die Welt hinausschickten. Man sah sie jetzt überall. Die kleinen Roboter-Schneemänner eroberten die Stadt, den Kreis, den Landkreis, das Land, die Republik, Europa, die Welt. Natürlich versuchten andere, das Geheimnis zu lüften, einen ähnlichen Weg zu gehen, aber nach welchem Algorithmus die Übereinanderlagerung von Gehirnpotenzialen eine biologisch ertüchtigte künstliche Intelligenz erzeugen konnte, blieb unklar. Wir wussten es ja, offen gestanden, selbst nicht. Niclas, Sonja und ich wussten um die Zufälligkeit unseres Erfolges, wir ahnten, dass eine glückliche Fügung, eine Unberechenbarkeitskomponente in unser Spiel Einzug gehalten haben musste, um dieses Wesen zu erzeugen. Aber was soll's? Das Lachen der Mitschüler war einem ungläubigen Staunen, einer fast unterwürfigen Ehrfurcht gewichen. Jeder wollte mit uns befreundet sein, die *bald heads* waren *top fashion* geworden. Uns erschien das umso absurder, als unsere eigenen Haare längst wieder gewachsen waren und eine normale Länge hatten. Wenn ich Sonja auf der Straße küsste und ihre schönen blonden Locken nach hinten strich, betrachteten wir ungläubig die Glatzköpfe mit Abstand und Atemschutzmaske um uns herum, die wohl jetzt dachten, man müsse sich nur die Haare vom Kopf rasieren, dann würde man automatisch reich und erfolgreich sein.

Jede Popper-Kopie brachte uns Geld ein. Und je weiter sich *Clavivirus Schneideriensis* ausbreitete, desto mehr wünschten sich die Menschen einen Popper, der sie im Alltag unterstützte, einen »kleinen Roboter, der glücklich macht«. Und je mehr Poppers es gab, desto stärker breitete sich *Clavivirus Schneideriensis* aus. Kausal oder nicht kausal – wir wussten es nicht. Die Impfstoffe versagten jedenfalls, zumindest teilweise. Neue Mutanten, die irgendwo in der Welt entstanden, breiteten sich in rasantem Tempo aus und je mehr Infektionen es gab, desto mehr infizierte Sterbende gab es eben. Auch wenn die meisten von ihnen offensichtlich an etwas ganz anderem starben. Das schien aber keiner mehr zu sehen.

Niclas, Sonja und ich saßen mit Popper 1 (wie wir ihn nun manchmal nannten) in der Abendsonne in der Parkanlage, die unsere neue Ostallgäuer Villa umgab, und unterhielten uns über die aktuellen Entwicklungen.

»Was passiert hier gerade?«, fragte ich nachdenklich und betrachtete Popper. Seine Augen leuchteten rot.

»Menschen – Angst«, schepperte Popper.

»Ja, Popper, das stimmt«, sagte Sonja. »Die Menschen haben Angst. Sie bleiben zu Hause, sie schließen sich ein, sie kommunizieren – wenn überhaupt – nur noch digital. Und auf der Straße weichen sie in großem Abstand einander aus.«

»Kein Kontakt, keine Ansteckung«, sagte Niclas achselzuckend.

»*Da – habt – ihr's – nun – mit – Narren – sich – beladen –*

das – kommt – zuletzt – dem – Teufel – selbst – zu – schaden«, gab Popper von sich. Er war heute sehr gesprächig.

Sonja schlug wieder einmal die Augen zum Himmel: »*Fuck*!«, rief sie aus. »Kannst du vielleicht mal Deutsch mit uns reden, Popper?«

»Das ist doch Deutsch«, gab Niclas zu bedenken. »*Fuck* dagegen ist nicht Deutsch«, fügte er lächelnd hinzu.

»Kann schon sein«, antwortete Sonja prompt, »aber so spricht heute kein Mensch mehr. Völlig *outdated*, Grufti-Sprache von vorvorgestern.«

»*Tief – ist – der – Brunnen – der – Vergangenheit*«, schepperte Popper.

»Popper, kann es sein, dass du für den Ausbruch und die weltweite Verbreitung von *Clavivirus Schneideriensis* verantwortlich bist?«, fragte Niclas plötzlich.

Es wurde still. Wir alle blickten Popper gespannt an. Er schwieg. Seine Augen leuchteten schwarz.

Nach einer langen Pause, in der nichts geschah, meldete sich Sonja wieder zu Wort. »Das habe ich mir auch schon überlegt. Unsere Grasfrosch-Wanderung und die dicke Familie – ihr wisst schon. Aber irgendwie passt das alles nicht zusammen. Wenn Popper der Ausgangspunkt für die Ereignisse wäre, müsste es uns und unsere

Familien doch auch längst erwischt haben. Von uns ist aber niemand krank.«

Ich überlegte: »Es sei denn, Popper hat Zugriff auf genetische und evolutionäre Steuerung«, sagte ich vorsichtig.

»*Die – Krone – der – Schöpfung – das – Schwein – der – Mensch*«, schepperte Popper.

Niclas blickte ihn nachdenklich an. »Popper mag die Menschen nicht«, sagte er. »Aber vielleicht mag er uns.«

»*Edel – sei – der – Mensch – hilfreich – und – gut*«, schepperte Popper, und seine Augen funkelten rot.

Sonja schlug ihre Augen gen Himmel. »Krass, wie der Typ manchmal nervt«, sagte sie. »Dauernd diese klugen Sprüche. Wie irgend so ein Nerd und Klassenprimus in der Schule. Sorry Niclas«, setzte sie grinsend hinzu.

Niclas lächelte zurück. »*Wenn du zum Weibe gehst, vergiss die Peitsche nicht*«, antwortete er.

Poppers Augen funkelten schwarz und rot im Wechsel.

»*Gott – ist – tot*«, ertönte es metallisch hart im Raum.

Wir schwiegen. Schließlich seufzte Sonja laut auf. »Und jetzt beten wir also zu Popper«, sagte sie. »Jungs, mir wird das alles zu *creepy*. Ich bin für heute raus.«

Sie stand auf und ging durch den Park auf unsere Villa zu. Dabei schaukelte ihr Po wundervoll in der untergehenden Sonne.

»Wow, ist die hübsch«, dachte ich innerlich und freute mich auf unsere nächtliche Begegnung. 143.

Kapitel 4: Reichtum und Tod

Während um uns herum die Jugendlichen vereinsamten, die Erwachsenen in existenzielle Probleme gerieten und die Hochbetagten in Isolation verstarben, während Deutschland in eine Wirtschaftskrise ungeahnten, ungekannten Ausmaßes schlitterte, hatten wir eine schöne Zeit.

Wir saßen auf dem Balkon unserer Villa, betrachteten die Berge und lebten einen guten Tag. Die gymnasiale Oberstufe erledigten wir digital. Geld verdienten wir so, wie man es eben heutzutage verdient – zurückgezogen auf dem Land und auf der Basis globaler Vernetzung. Das Allgäu, vor 200 Jahren noch vom Flachsanbau abhängig, dann von der Milchwirtschaft und in den letzten 50 Jahren vom Tourismus, wurde plötzlich unter unserer Führung zu einer Hochburg der biologisch ertüchtigten, künstlichen Intelligenz. Innerhalb weniger Monate hatten wir uns zu Provinz-*Techies* und *Influencern* entwickelt, und wir waren dabei für das Allgäu mindestens genauso schicksalhaft wie seinerzeit Carl Hirnbein oder Johann Althaus. Das will etwas heißen, denn beide waren in dieser ehemals ärmlichen und kärglichen Gegend als rettende Götter erschienen. *Deus ex machina*. Unzählige Straßen sind nach ihnen benannt. Krass. Vielleicht werden eines Tages auch die Straßen nach uns und unserer Geschichte benannt. »Tristan Trusheim-Weg. Sonja Truchsäß-Weg. Niclas Trusheim-Weg. *Bald Head*-Weg. *Trisnicson*-Weg. Popper-Weg. Falls es dann noch Straßen gibt.

Krass …

Was würde wohl alles passieren, wenn die Straßen nach uns benannt werden?

Nun – nichts würde passieren. Jeder von uns wäre einfach nur ein weiteres, irgendwie erwähnenswertes Faktotum in der Chronologie des Menschenzeitalters. Wenn ich die Geschichte der Erde aus einer jugendlichen Vogelperspektive betrachte, Altertum, Mittelalter, Neuzeit, von der Urzeit bis zur Jetztzeit, dann sehe ich eine Aneinanderreihung von Ereignissen ohne irgendeinen erkennbaren Sinn. Lebewesen, Arten tauchen auf und verschwinden wieder, der *Tyrannosaurus rex* zum Beispiel oder der *Triceratops*, Hochkulturen entstehen und vergehen, Knossos zum Beispiel, Athen oder Rom, Menschen ereifern und beruhigen sich wieder (spätestens, wenn sie tot sind), Napoleon zum Beispiel oder Adolf Hitler. Alles geschieht irgendwie zufällig und sinnlos aneinandergereiht. Die Menschheit strebt keiner diesseitigen Vollendung zu, keinem irdischen Paradies, wir müssen uns das nicht einbilden. Nur innerhalb eines Menschenlebens haben die Dinge manchmal irgendwie einen Sinn. Ein Schriftsteller, der ein grandioses Buch schreibt, und es gelingt ihm tatsächlich, dieses zu vollenden; ein Wissenschaftler, der gegen alle Widerstände der Zeitgenossen ein Leben lang an einer medizinischen Therapie arbeitet, und sie ist am Ende tatsächlich bahnbrechend und erfolgreich; eine Mutter, ein Vater, die um ihre Kinder kämpfen, und diese sind später stark genug, selbstbewusst ihre eigenen Wege zu gehen – das ist sinnvoll. Aber Juden zu töten, Syrien zu zertrümmern, politische Gegner zu vergiften, Denkmäler der Vergangenheit zu zerstören, weil man die eigene moralische Sichtweise aus ach so luftiger Höhe als »alternativlos« betrachtet, die wirtschaftliche Basis eines Landes und seiner Bewohner zu vernichten, weil man entgegen jeder medizinischen Vernunft das ganze Land in einen *Lockdown* zwingt – das ist nicht sinnvoll. IMHO.

Darf ich das sagen? Als achtzehnjähriger, dummer Halbwüchsiger. Auch wenn ich jetzt reich bin, eine bildhübsche Freundin mein Eigen nenne und ihn sozusagen eiskalt und meilenweit hinter mir gelassen habe, den notorischen *Loser* des Eingangsparagraphen unserer Geschichte. Auch wenn ich jetzt Popper in meinem Rücken wähne, die biologisch ertüchtigte künstliche Intelligenz, die Moral der Erde – ich bin immer noch nur 18 Jahre alt.

»Ein – jeder – Zentimeter – deiner – Zeit

Belauschte -– melancholisch – Krähenhorden –

Der – Schrei – des – Schwarms, – zu – deinem – Schrei –

geworden, –

Umkrächzte – dich – mit – Seligkeit«,

schepperte Popper irgendwo in unserer Villa. Sonja saß neben mir und schlug die Augen zum Himmel. »Es ist ja schön und gut, reich zu sein«, sagte sie. »Aber ich bin sicher, dass viele unserer Kunden Popper als ziemlich anstrengend empfinden.«

»Drum – geb' – ich – gern – ihm – den – Gesellen – bei«,

schepperte Popper.

Niclas blickte nachdenklich vor sich hin.

»Das allermeiste von dem, was er von sich gibt, sind

Faust-Zitate«, sagte er schließlich. »Warum er sie allerdings verwendet, weiß ich nicht.«

Sonja wusste inzwischen dank meines grandiosen edukatorischen Einflusses tatsächlich, wer Goethe und was der »Faust« war. »Da kommt doch auch der Teufel vor«, antwortete sie. »Vielleicht ist Popper ganz einfach eine Art Teufel. Ein selbstgemachter Teufel sozusagen.«

»*Die – Geister – die – ich – rief*«, schepperte Popper aus der Tiefe des Raums.

»Für einen Teufel ist er viel zu gutmütig«, erwiderte ich. »Überleg' doch einmal, wie freundlich er aussieht mit seinen großen Augen und seinem Schneemannsgesicht. Und wie zuvorkommend er ist, wie er alles sauber macht, und wie er kocht. Und wie gut es schmeckt, wenn er kocht. Wie er zuhört, wenn wir mit ihm reden.«

»Na ja, ein Wolf im Schafspelz eben«, sagte Sonja.

»Das glaube ich nicht«, antwortete Niclas, und die Sympathie für Popper war seinem Gesicht anzusehen. »Außerdem hat er ja sozusagen unsere Gene. Wie sollte da ein böser Gedanke in ihm keimen?« Er blickte uns herausfordernd an.

»*Den – Teufel – spürt – das – Völkchen – nie,*
Und – wenn – er – sie – beim – Kragen – hätte«, schepperte Popper.

Wir alle mussten lächeln. »*Yes*, Popper. Schon gut«, sagte Niclas zärtlich. »Wir wissen, dass du ein teuflischer, kleiner Roboter bist.«

Poppers Augen leuchteten rot.

*

In diesen Wochen sanken die Inzidenzwerte für *Clavivi-rus Schneideriensis* wieder. Es war Anfang Mai, die Tage wurden länger, die Sonne schien, und die Gemüter der lebenden Menschen hellten sich auf. Eine überschwängliche Euphorie verbreitete sich, die Deutschen gratulierten sich durch den Mund der Politik selbst zur Entwicklung erfolgreicher Impfstoffe und zum Sieg über die Pandemie. Wieder einmal war sehr schnell alles klar. Deutschland hatte es hervorragend gemacht, alle anderen nicht so sehr – bis auf diejenigen natürlich, welche die deutschen Strategien kopiert hatten. »Gemeinsam haben wir die Pandemie überwunden«, zitierte eine große deutsche Volkszeitschrift die Gesundheitsministerin, die in ihrer Großzügigkeit natürlich die Leistung der Bürgerinnen und Bürger in das Loblied einbezog. Eigentlich wollte sie sagen: »Gemeinsam habe ich die Pandemie besiegt«, aber die sprachliche Diskordanz eines solchen Satzes war ihr natürlich bewusst – und die politische Unmöglichkeit ebenso. Also lobte sie sich selbst nur im Schulterschluss mit der Wählergemeinde, und am Abend feierte sie sich vor dem Spiegel für diesen gelungenen Schachzug. »Wieder einmal habe ich zahlreiche Menschenleben gerettet«, kommentierte sie stolz ihr eigenes Vorgehen.

Zugegeben: Die Entwicklungen waren in der Tat schwer zu durchschauen. Die Impfung war tatsächlich ein Teil des Erfolgs, ein Hoch auf die Wissenschaft, die sich als außerordentlich effektiv erwies!

»Verachte – nur – Vernunft – und – Wissenschaft,
des – Menschen – allerhöchste – Kraft«,
schepperte Popper aus der Tiefe des Raums.

Aber: Saisonalität war eben auch ein Aspekt. Virusinfektionen treten saisonal vermehrt oder vermindert auf, der Sommer tat ein Übriges. Und ein anderer Punkt wurde ebenfalls evident: Jene viel bescholtenen Schweden, welche ach so verantwortungslos ihre wehrlose Bevölkerung geopfert und Schulen und Ökonomie nahezu ungebremst durch die Pandemie geführt hatten, verzeichneten in ihrem Land eine analoge Entwicklung. Auch in Schweden fielen die Fallzahlen – und die Todeszahlen ebenso. Die prozentuale Todesrate, also die Anzahl der Verstorbenen relativ zur Anzahl der nachgewiesenen Infizierten, war deutlich geringer als in Deutschland, und die Prozentsätze Anzahl der Verstorbenen zur Gesamtbevölkerung in beiden Ländern näherten sich asymptotisch aneinander an. In der Presse, die irgendwann zu Beginn der Seuche sehr laut und kollektiv in das Horn des *Lockdowns* zur »Rettung von Menschenleben« gestoßen hatte, nannte man es das »schwedische *Clavivirus*-Enigma«. Aber wer hatte nun eigentlich Menschenleben gerettet? Wer hatte Kinder vor häuslicher Gewalt bewahrt, vor den Folgen finanziellen Ruins der Elternhäuser, vor Bildungskarenz und Übergewicht infolge chronischen Bewegungsmangels? Wer hatte verhindert, dass sich die Kinder- und Jugendpsychiatrien mit Verängstigten und mit Depressiven füllten? Und die Erwachsenenpsychiatrien mit *Burnout*-Patientinnen und -Patienten. Wurde in Deutschland im Rahmen der *Clavivirus*-Pandemie nicht ohnehin viel mehr an die betagten Menschen gedacht als an die Kinder und jungen Erwachsenen? Und woran lag das? An einer schlechten Lobby der Kinder?

An der fehlenden Wahlberechtigung für diese Altersgruppe? Oder etwa auch an einer Vielzahl von Politikern,
die selbst keine Kinder hatten? Weil sie ihr Leben vollständig in den Dienst des eigenen Egos stellten? Weil sie
schwul waren oder lesbisch, und gleichzeitig egoman?
Weil sie ihre ideologisch verbrämten Bilder von der Welt
mit derselben Aufdringlichkeit ihren Bürgern aufzwan-
gen, mit der in der Vergangenheit andere Machthaber
ihre pervertierten Vorstellungen von Rassenreinheit den
Untertanen aufoktroyiert hatten? Wo blieb die Selbstreflexion, wo die Selbstkritik?

Noch einmal: War diese moralische Überlegenheit
oder Pseudoüberlegenheit, mit welcher andere Länder
oder andersdenkende Bürger des eigenen Landes scharf
attackiert wurden, nicht ebenso verwerflich wie ehemals
die Pseudoüberlegenheit der Rasse?

IMHO.

*

Die Inzidenzwerte fielen weiter, und die Menschen in
Europa lebten ihre Leben wieder fast ganz so, wie sie
es vor dem Ausbruch von *Clavivirus Schneideriensis* getan hatten. Zwar hingen überall noch die Warntafeln,
welche das Einhalten von 1,5 m Abstand von Mensch
zu Mensch verpflichtend anwiesen, zwar mussten die
Bürgerinnen und Bürger beim Eintritt in öffentliche
Gebäude immer noch Masken tragen, aber insgesamt
schien die Bedrohung sehr gering. Gut, es gab auch
weiterhin jene Mahner, großäugig, hohlwangig und der

medialen Präsenz in ewiger Liebe verfallen – aber nichtsdestotrotz: Die Europäer glaubten fest an die Rückkehr der Unbeschwertheit, der Leichtigkeit des Seins, an die Kraft der Freiheit, der Freude und des Konsums. Ein großes europäisches Fußballfest wurde ausgetragen, und die Menschen trafen sich in und außerhalb der Stadien und tauschten ihre Säfte aus. Die Gesichtsmasken hingen sardonisch grinsend unter den Kinnladen und erfüllten dort nicht viel mehr als einen grotesken dekorativen Zweck.

Wer grinste an dieser Stelle sardonisch?

War es der Teufel? War es Gott? War es … Popper?

Ja, die Menschen feierten die Überwindung der Pandemie: auf europäischen Fußballfesten, bei der Sommerolympiade, auf Mallorca im Großen, und in Diskotheken, Clubs und Bordellen im Kleinen.

»U – U – U – C – A – C – C – A – A – G – A – C – U – G – U – A – G – U – U«, schepperte Popper.

»U – U – U – C – A – C – C – A – A – G – A – C – U – G – U – A – G – U – U«, schepperten die Poppers bei den Shaws, Franssens und Lukasseks in Deutschland, bei den Smiths und Dougals in Großbritannien und überall in der Welt, wo der kleine Schneemann die Menschen glücklich machte.

Dann erschien ein erster, unscheinbarer Bericht über einen französischen Mann in den Medien, welcher trotz vollständiger Impfung und ohne Risikofaktoren für ein kürzeres Leben im Allgemeinen und für *Clavivirus Schneideriensis* im Speziellen an einer Infektion mit dem Virus verstorben war.

»Keine Panik«, twitterte das Netz. »Impfversager.«
»Vielleicht nur Kochsalzlösung verabreicht.« »Wohl kränker als gedacht.« »Wahrscheinlich gar keine Impfung erhalten«, twitterte das Netz.

»Schon – gut – nur – muss – man – sich – nicht – allzu – ängstlich – quälen.

Denn – eben – wo – Begriffe – fehlen,

da – stellt – ein – Wort – zur – rechten – Zeit – sich – ein«, schepperte Popper.

Sonja schlug schon wieder die Augen zum Himmel.

»Was soll das nun wieder heißen, Popper?«, fragte sie. »Die Menschen machen sich Gedanken. Sie hoffen, dass dieser Einzelfall nicht so beängstigend ist, wie man fürchten muss. Und sie verleihen dieser Hoffnung mit ihren Worten im Internet eine Stimme.«

»Doch – ein – Begriff – muss – bei – dem – Worte – sein«, schepperte Popper.

Niclas blickte nachdenklich vor sich hin, wie fast immer, wenn Popper sich äußerte. Sein Gesicht nahm jenen Ausdruck an, den es auch auf unserem ersten Spaziergang mit Popper angenommen hatte, eine Mischung aus Bewunderung und Unsicherheit, Faszination und Furcht. Eine zarte Ahnung zeichnete sich in seinen Augen ab, immer noch kindlich und unverhohlen neugierig, aber auch bereits erwachsen, mit verhaltener Skepsis und hintergründiger Bedachtsamkeit. Mein kleiner Bruder war jetzt 16 Jahre alt. Er gehörte zu den jungen Männern, welche durch ein sehr spätes Pubertätseintrittsalter auffallen, deren Stimmen sich erst zu brechen beginnen, wenn Gleichaltrige schon einen regelmäßigen Bartwuchs aufweisen und die faziale Verwilderung längst mit täglicher Rasur bekämpfen; seine Glieder waren immer noch jungenhaft, trotz der 16 Jahre, trotz des vielen Sports, den er trieb, trotz der ausgebildeten Muskulatur. Seine Augen und sein Körper standen somit in merkwürdigem Kontrast zueinander, fast waren es die Augen eines Weisen im Körper eines Teenagers. Solcherlei Dinge dachte ich, wenn ich meinen Bruder betrachtete.

»Popper, kannst du Mutationen berechnen, die besonders virulent sind?«, fragte er plötzlich.

»Ich trau' meinen Ohren nicht«, rief Sonja laut aus. »Wo haben Sie denn diesen Satz her, Herr Professor?«, fragte sie herausfordernd.

Aber Niclas blieb ernst. »Na ja, Sonja«, entgegnete er. »Bist du dir wirklich immer noch sicher, dass Popper nicht der Initiator der Pandemie ist und dass er ihren Verlauf nicht rechnerisch steuert?«

Sonja schwieg. Sie schaute verdutzt, und ihr Gesicht sah kurzfristig etwas blöde aus.

»OMFG, ich bin mir überhaupt nicht mehr sicher – wegen gar nichts«, antwortete sie. »Vielleicht ist Popper wirklich viel schlauer, als wir dachten, vielleicht hat er längst ein internationales AI-Netzwerk gegründet, Popper 1 bis 1000, so viele eben wie wir inzwischen verkauft haben, vielleicht sind sie digital verbunden, stellen Viren her oder lassen sie herstellen, vielleicht infizieren sie Menschen und bringen sie um.«

Wir schwiegen betroffen und betrachteten Popper aus den Augenwinkeln. Ich musste an den fetten Mann denken, an Herrn Schneider, der sich die Finger gebrochen hatte, als er Popper schlug.

»Dann hätten wir alle eine Mitschuld an dieser Seuche«, sagte ich nachdenklich.

»*Was — einmal — gedacht — ist — kann — nicht — mehr — zurückgenommen — werden*«, schepperte Popper.

»*Edel sei der Mensch, hilfreich und gut.* Hast du das nicht selbst gesagt?«, erwiderte Niclas in sehr bestimmtem Tonfall.

»*Die — Krone — der — Schöpfung — das — Schwein — der — Mensch*«, schepperte Popper.

Wir blickten uns betroffen an.

»Nein, Popper mag die Menschen nicht«, sagte Niclas langsam. Seine Augen weiteten sich.

In diesem Augenblick war im oberen Stockwerk unserer Villa ein trockenes Hüsteln zu vernehmen. Mein Vater hatte sich morgens in sein Schlafzimmer zurückgezogen, weil er sich nicht wohl fühlte. Eine Unpässlichkeit, nichts weiter, ein Kratzen im Hals. Müdigkeit, Schwäche. Und etwas erhöhte Temperatur. 38,2 °C. Also quasi nichts.

Mama sah besorgt aus, aber Papa beruhigte sie.

»Es ist nichts, ich muss nur etwas ausruhen«, sagte er.

Ich glaubte meinem Vater zunächst, er war ein ruhiger und besonnener Mann. Wenn er etwas behauptete, dann stimmte es. Unser Verhältnis hatte sich in den letzten Monaten gewandelt. Früher war ich der *Loser* der Familie gewesen, Nicky – das Wunderkind, Tristan – FUBAR, so war es, ich habe es ja bereits erzählt. Aber seit Popper auf der Bühne des Lebens erschienen war, der kleine

Roboter, der glücklich macht, seit seinem fulminanten Einzug in unsere Welt war alles anders. Mein Vater wertete die Entwicklung als Resultat meiner persönlichen Bemühungen, er betrachtete mich jetzt mit großem Respekt, und hin und wieder glaubte ich sogar, jenen Blick voller Zuneigung auf meinem Rücken zu spüren, der früher immer nur auf Niclas geruht hatte. Natürlich bilde ich mir darauf nichts ein. Es war ja nur Glück und Zufall gewesen, dass aus unserer HEEEG-Idee der kleine, nette Schneemann entstanden war. Aber sei's drum. Papa war nach so vielen Jahren wieder glücklich, und meine Eltern hatten sich offensichtlich wieder gern. Ja, sie mochten sich plötzlich wieder gegenseitig, und nicht nur das: Sie mochten Sonja, Niclas, mich – und Popper. Wir alle mochten uns in dieser Zeit des kollektiven Zerfalls, der gesundheitlichen, sozialen, politischen und menschlichen Katastrophen, die sich abzuzeichnen begannen. Wir hatten uns gern und hielten zusammen.

Und jetzt das!

Denn natürlich blieb es nicht beim trockenen Hüsteln. Nein, Papa wurde nicht wieder gesund, im Gegenteil: Er wurde von Tag zu Tag kränker, schwächer, und er bekam täglich weniger Luft. Ich weiß nicht, wie es ist, wenn man sich Augenblick für Augenblick respiratorisch verschlechtert, wenn der Sauerstoff aus den Alveolen nicht mehr ins Blut diffundiert, weil sich im interstitiellen Gewebe Entzündungszellen angereichert haben und eine zunehmende Fibrosierung stattfindet. Ich weiß nicht, wie das ist, aber es muss furchtbar sein. Wenn ich meinen Vater in seinem Zimmer besuchte, versuchte er zu lächeln, zu beruhigen, er machte eine leise Handbewegung, die bedeuten sollte: Es ist alles okay. Aber in seinen Augen war bereits jene Gewissheit zu erkennen, die der erfahrene Arzt zu lesen weiß, die Angst und die Panik zunächst, die jeder Mensch in seinem Leben mit sich selbst austragen muss, die Angst vor dem Ableben, die Panik der Endlichkeit. Und diese Panik wurde verstärkt durch das ständige Gefühl des Erstickens. Es war grausam.

Irgendwie aber nahm ich in den Augen meines Vaters noch einen anderen Ausdruck wahr, den der Ruhe, Weisheit, Dankbarkeit und des Glücks. Ja, das mag seltsam erscheinen, denn mein Vater wusste, dass er sterben würde. Aber diese Gewissheit ließ ihn Schmerzen und Atemnot ertragen. Fast alles war überwunden, die Anstrengungen und Herausforderungen des Lebens, die unausbleiblichen Enttäuschungen und auch das immer wiederkehrende Glück. Diese Gewissheit prägte seine letzten Tage. Er schien zufrieden mit sich und seinem Leben, und es war, als müsse er nur noch eine letzte Hürde übersteigen, ein letztes Hindernis überwinden, um zu einem Ort zu gelangen, nach dem er sich sehnte. Obwohl er das Leben in den letzten Monaten wieder zu lieben gelernt und vielleicht immer geliebt hatte, schien er in einer für mich noch unverständlichen Weise auch seinen bevorstehenden Tod zu lieben.

»Warte – nur – balde –

ruhest – du – auch«, schepperte Popper irgendwo in der Tiefe des Raums. Und immer, wenn ich meines Vaters Zimmer mit Tränen in den Augen verließ, hätte ich Popper am liebsten den Stecker gezogen. Denn die philosophische Verarbeitung, die Erkenntnis von Vaters Einverständnis mit dem Tod, ist natürlich erst später gereift. In der Gegenwart war alles nur unendliche und tiefe Trauer.

Ich habe meinen Vater verloren. Meinen über alles geliebten Vater. An das Virus, das von der Familie der Braunfrösche auf den Menschen übertragen worden war. An *Clavivirus Schneideriensis*. Ich habe gesehen, wie mein Vater Tag für Tag weniger Luft bekam. Wie die Notärzte in die Einfahrt unserer Villa fuhren. Wie er intubiert und ins Krankenhaus eingewiesen wurde. Auf eine schöne Intensivstation mit Bergblumen an den Türen der Intensivzimmer. Das letzte Zimmer, in dem sich mein Vater aufhielt, war das »Frauenschuhzimmer« eines Allgäuer Klinikums. Auf der Schiebetür war diese seltene, gelbe Blume abgebildet, und wenn man die Tür öffnete, lag mein Vater dahinter, intubiert, an das Beatmungsgerät angeschlossen und starb vor sich hin. Wir hatten vor vielen Jahren zusammen Frauenschuh gesehen. Im Wilden Kaiser, am Kaiserbach, im Juni, an einem sonnigen Tag. Ich war damals vielleicht sieben oder acht Jahre alt, und mein Vater war ein Chirurg in der Blüte seiner Jahre. Die Sonne fiel auf sein braungebranntes Gesicht und in seine blauen Augen, Niclas saß auf seinem Schoß, ich saß neben meiner Mutter, der blaue Bach rauschte. Auf einer Blüte saß eine Spinne, die ihre Körperfarbe ganz der Blütenfarbe anglich. »Phytomimese« hatte mein Vater damals gesagt. Ich weiß nicht, ob das stimmt, aber am Kaiserbach damals fand ich,

Phytomimese sei ein schwieriges Wort. Die junge Familie Trusheim im Sommerurlaub, *those where the days my friend.*

Jetzt nahm das Gesicht meines Vaters langsam die Farbe des weißen Kopfkissens an, es wurde blasser von Tag zu Tag. Als wolle *er* sich jetzt tarnen, als wolle er nicht mehr gesehen werden. Niclas und Mamas Augen waren rot von Tränen, und Sonja hielt meine Hand. Sie trauerte mit uns, und ihre Trauer war genauso echt wie die unsere. Das war ein tiefer und bleibender Eindruck für mich: Sonjas Trauer, ebenso unverfälscht wie die von Niclas und mir, ebenso frei von Selbstliebe, Show und Kalkül. Ich glaube, dass es diese Trauer eigentlich gar nicht gibt, jedenfalls nicht in der Welt der Erwachsenen, in der auf jedes Ableben automatisch der Gedanke an die Verteilung des Nachlasses folgt. Wieder einmal war ich fasziniert von Sonja, und wieder einmal konnte ich es nicht fassen, dass diese junge Frau meine Freundin geworden war.

Mein Vater schien zu lächeln. Nicht mit dem Mund, denn darin steckte ja der Tubus. Nein, mit den Augen.

Er starb an einem sonnigen Oktobertag in Gegenwart seiner engsten Familienmitglieder. Popper saß im Wartezimmer. Humanoide dürfen nicht auf Intensivstationen.

»Der – Tod – ist – groß«, schepperte es aus der Tiefe des Raums.

Als ich aus dem Fenster sah, thronten in der Ferne die Allgäuer Alpen.

*

Groß war unsere Trauer.

Aber nur eine kurze Zeit blieb uns zu trauern. Rings um uns herum wütete ein surrealer, langwieriger und brutaler biologischer Krieg, der mit subtilen, auch psychologischen Waffen ausgefochten wurde. *Clavivirus Schneideriensis* hielt die Welt fest im Griff. Nach Vaters Tod schien es umso effizienter und wütender um sich zu greifen. Es traf die Ungeimpften genauso wie die Geimpften, letztere eben nur in etwas abgemilderter Form. Die Krankenhäuser und Intensivstationen in Deutschland und Europa füllten sich mehr und mehr, und die Infizierten nahmen den übrigen Erkrankten die Krankenbetten und die Behandlungskapazitäten. Für das Freihalten von Intensivbetten für *Clavivirus Schneideriensis*-Patienten wurde den Krankenhäusern von der Regierung viel Geld bezahlt, sogenannte Bonuszahlungen. Wegen der enormen medialen Präsenz des Virus entwickelten sich Erkrankte erster und zweiter Klasse. Wer mit dem Virus infiziert war, avancierte zum Patienten erster Klasse, er bekam sein Krankenbett und zog das medizinische Personal auf sich. Notwendige Operationen anderer Erkrankungen wurden verschoben, weil keine Intensivbetten zur Verfügung standen, um eine adäquate Nachbehandlung zu garantieren. Krebskranke warteten auf ihre Behandlung, Herzpatienten wurden auf unbestimmte Zeit vertröstet. Jeden Tag konnte man Fernsehsendungen verfolgen, in denen Mitarbeiter von Intensivstationen über die Arbeitsdichte klagten, alle waren »am Limit«, das Personal wurde von anderen Stationen abgezogen, um das Intensivpersonal beim Drehen und Wenden intubierter *Clavivirus*-Patienten zu unterstützen, um den Intensivpflegekräften und -ärzten Materialien anzureichen, zu helfen und zu applaudieren. Unzweifelhaft war, dass die Erkrankung brutale Verläufe nehmen konnte, unzweifelhaft auch, dass sie eine besondere Aufmerksamkeit verdiente. Auch mein Vater war ja an *Clavivirus Schneideriensis* verstorben. Aber die Eitelkeit und Selbstdarstellung, mit welcher die Patientinnen und Patienten benutzt wurden, um auf politischer Bühne zu reüssieren und sich zu profilieren, erschien mir vor dem Hintergrund meiner persönlichen Erinnerungen abstoßend und widerlich. Sie wurde dem Ernst der Lage ebenso wenig gerecht wie der Trauer und Verzweiflung der Angehörigen. Und die Angehörigen waren traurig. Und sie waren verzweifelt. Denn sie durften nicht mehr Abschied nehmen. Die Regierung erließ ein Besuchsverbot für die verseuchten *Clavivirus*-Patientinnen und -Patienten. Basta. Die Menschen starben von jetzt ab alleine. Basta. Ohne ihre Nächsten, ohne Eltern, Geschwister, Kinder, Ehepartner (oder passagere Sexualpartner aus *Dating*-Portalen). Ja, die Menschen starben alleine. Seuche war Seuche. Alles andere blieb sekundär. Todesbegleitung, Menschlichkeit in den letzten Stunden des Lebens – sekundär. Die Politikerinnen und Politiker mussten ja wie gesagt »Leben retten«. Der hohle Klang dieses öffentlichen Geprahles, dieses Heldengetues, *hero stuff*, schien ihnen nicht ans eigene Ohr zu dringen. Jeden Abend, an dem ich die 20:00-Uhr-Nachrichten verfolgte, um hinsichtlich weiterer sonderbarer politischer Maßnahmen *up to date* zu bleiben, hätte ich schlichtweg kotzen können. Prahlende Affen, die sich zu Lebensrettern stilisierten. *Puke*.

Dabei wurden die deutschen Fehler in der Pandemiebekämpfung von Tag zu Tag offensichtlicher. Die Ausbreitung des Virus war nicht zu stoppen, und die jetzt entstandenen Mutationen des Wildtyps von *Clavivirus Schneideriensis* waren sehr viel virulenter als der Wildtyp selbst. Auch bei jungen und gesunden Menschen führten sie zu schweren Krankheitsverläufen. Trotz Impfung. Eine Immunisierung durch den Wildtyp hatte eben aufgrund der sorgfältigen, peniblen *Lockdown*-Maßnahmen, der *zero virus strategy*, nicht stattgefunden. Es war fatal. Die Intensivstationen füllten sich mit schwerstkranken, jüngeren Menschen, denn die Mutanten waren ebenso hoch ansteckend wie gefährlich. Ebenso wie man Kinder nicht wirklich schützt, indem man sie von allen schwierigen Erfahrungen fernhält, indem man ihnen jede Auseinandersetzung, jeden Widerstand und Schmerz des Lebens ersparen will, ebenso wie man übrigens das Immunsystem der Kinder schwächt, indem man keinerlei Konfrontation mit Krankheitserregern zulässt, ebenso falsch war es ganz offensichtlich, *Clavivirus Schneideriensis* mit *Lockdown*-Maßnahmen zu bekämpfen. Masken – okay, diese reduzierten die Viruslast; Impfen – okay, das war ein rationaler Umgang der Menschen mit pandemischen Erkrankungen seit Edward Jenner im Jahr 1796. Aber ein *Lockdown*, ein soziophobes Wegsperren der Bevölkerung zur Vermeidung mitmenschlicher Kontakte – das funktionierte eben nicht und war angesichts einer Gesamtsterblichkeit der Erkrankung von vielleicht einem Prozent der Infizierten offensichtlich der ganz falsche Weg.

Dennoch blieb es der automatisierte Reflex jedes politischen Handelns: Die *Clavivirus*-Fallzahlen stiegen – Clubs, Bordelle, Fußballstadien wurden geschlossen, Betriebsamkeit und Kontakte reduziert. Die *Clavivirus*-Fallzahlen fielen – Clubs, Bordelle und Fußballstadien wurden wieder geöffnet. Nur die Schulen durften jetzt dauerhaft offenbleiben, nachdem man allgemein, wenn auch sehr spät, realisiert hatte, wie brutal der Schaden war, den man während der ersten Pandemiewellen an den Kindern angerichtet hatte. Trotzdem wurden die Kinder weiterhin in Quarantäne geschickt, wenn sie in irgendeinem der schlecht standardisierten Tests ein positives Ergebnis aufwiesen. Sie erkrankten weiterhin nur in den seltensten Fällen schwer. *Clavivirus Schneideriensis* und alle seine Mutanten verschonten die Kinder. Sie trugen das Virus in sich und verbreiteten es auch. Aber sie wurden eben nicht ernsthaft krank. Da die Erwachsenen allerdings befürchteten, sich an den Kindern anzustecken, wurden die Kinder nun weiterhin gesellschaftlich dämonisiert. Sie hatten ja im Deutschland der Gegenwart – *LGBTQ-Community, Selfie-Boom, Tinder,* »mein Bauch gehört mir« – ohnehin keine gute Lobby. Die Erwachsenen frönten dem Egoismus und Hedonismus, der Selbstverwirklichung als Maxime des Handelns. Für Kinder war da kein Platz. Sie störten einfach. Sie erinnerten an einen ganz anderen Auftrag, und der hatte mit manischer Eigenliebe nichts zu tun. Sie erinnerten an gegenseitige Verantwortung und Solidarität, an das menschliche Leben als Glied in einer Kette, einer Kette von Generationen, die natürlich immer auch für sich selbst arbeiteten, aber eben genauso für die nachfolgenden Generationen.

»Und – meine – Ahnen – die – im – Totenhemd,

mit – mir – verwandt – sind – wie – mein – eignes – Haar.

So – eins – mit – mir – als – wie – mein – eignes – Haar«, schepperte es aus der Tiefe des Raums.

Solche Gedanken aber lagen unter einem biologisch-technischen Schutthaufen aus *social media postings*, Schönheitsoperationen, *Tattoos*, geschmacklos gefärbten Haaren und Profilneurosen begraben, sie waren gesellschaftlich verschollen und galten als völlig überholt.

»Und – wie – wir's – dann – zuletzt – so – herrlich – weit – gebracht«, schepperte es aus der Tiefe des Raums.

Popper zitierte aus dem Fundus der deutschen Literatur. So viel hatten wir inzwischen verstanden. Manchmal bildeten wir uns ein, der Verbalisierung einer tiefen Menschlichkeit beizuwohnen. Aber dann klang es auch wieder emotionslos und sarkastisch.

Popper rechnete. »U – U – G – C – G – C – C – A – A – G – A – C – U – G – U – A – G – U – U«, schepperte es aus der Tiefe des Raums.

Wir hatten begriffen, dass es sich um Basensequenzen handelte. Aber ihr Sinn blieb uns verborgen. Mutmaßlich bestand eine Verbindung zu *Clavivirus Schneideriensis,* mutmaßlich errechnete diese biologisch ertüchtigte künstliche Intelligenz, der kleine Roboter, der glücklich macht, mutmaßlich errechnete Popper besonders virulente und infektiöse Mutanten des Virus, um sie dann irgendwie auf die Menschheit loszulassen. Aber tatsächlich wissen konnten wir das nicht. Vielleicht berechnete er auch etwas völlig anderes. Die Weltformel etwa, oder die Basensequenz einer Bergblume. Fragen konnten wir Popper ja nicht wirklich. Er gab keine Antworten. Er rechnete und schwieg.

Unsere anfängliche Sympathie für unser Werk war längst einem tiefen Argwohn gewichen. Wir begannen zu flüstern, damit er uns nicht verstehen könne. Dabei wussten wir doch längst, dass Popper aus unverständlichen Gründen alle unsere Gedanken kannte. Es war unheimlich und faszinierend zugleich. Er wusste, dass wir ihn verdächtigten, für die aktuelle Misere der Menschheit verantwortlich zu sein, und er wusste auch, dass der Gedanke in uns reifte, ihm »den Stecker zu ziehen«.

Wir hatten flüsternd untereinander abgesprochen, Popper einfach nicht mehr aufzuladen. Ihn keiner Steckdose mehr zuzuführen. Seit unserem ersten Spaziergang an der Burgruine Eisenberg, seit den Erlebnissen unter der alten Linde auf der Terrasse des Ostallgäuer Gasthofs, hatte das tägliche Aufladen Poppers, sein »*feeding*«, wie wir es zärtlich bezeichneten, zu unseren heiligen Aufgaben, unserer sozusagen mitmenschlichen Fürsorge für die künstliche Intelligenz gehört. Jetzt aber führten wir dieses tägliche Ritual zunächst eher widerwillig und dann schließlich gar nicht mehr durch. Aber welche Leserin und welchen Leser wird es verwundern, dass Popper seine Steckdose einfach alleine aufsuchte, ohne dass ihn jemand von uns dreien dorthin führte? Wen wird es wundern, dass er eine andere Steckdose benutzte, als wir seine Originalsteckdose inaktivierten? Und wen wird es erstaunen, dass selbst der Versuch einer Inaktivierung aller Steckdosen unserer Villa nicht zum Erfolg führte, da Popper sich frei bewegen konnte.

Er ging einfach fort und kam mit voller Batterie zurück. Keiner von uns hätte es angesichts der Erinnerung an die Auseinandersetzung mit Herrn Schneider an der Burgruine Eisenberg gewagt, Popper an dieser freien Bewegung zu hindern. Außerdem war es inzwischen viel seltener geworden, dass er seine Batterie aufladen musste. Er hatte es offenbar geschafft, stromsparender zu agieren oder speicherte den Strom oder bezog Energie aus alternativen Quellen. Wir wussten es nicht. Wir wussten nur, dass es zu spät war. Zu spät, die biologisch ertüchtigte AI zu stören, die Lawine zu stoppen, das Gedachte zurückzunehmen.

Wir befürchteten auch, dass Popper unsere Absichten durchschauen und sich brutal rächen würde. *To take revenge.* Vergiss das nie. Spiel mir das Lied vom Tod. Wir wussten um Poppers grenzenlose Schnelligkeit und Kraft. Wir wussten, dass er längst nicht mehr alleine war. Und wir wussten um seine Fähigkeit, unsere Gedanken zu lesen. Was, wenn Popper sich rächen würde, sei es gewaltsam, sei es intellektuell. In beiden Bereichen erschien er uns hoffnungslos überlegen. Was, wenn er nachtragend war? Das konnte uns, seine Schöpfer, das Leben kosten, unser komplexes, biologisches Leben. Schmerzhaft und schnell, effizient und endgültig.

Aber Popper überraschte uns erneut. Er ignorierte unsere Sabotageakte ohne eine offensichtliche Reaktion, emotionslos, kommentarlos und unaufgeregt. Er ging einfach fort – und kam ein oder zwei Stunden später mit vollgeladener Batterie zurück.

»*Du – gleichst – dem – Geist – den – du – begreifst – nicht – mir*«, schepperte es aus der Tiefe des Raums.

Wir waren erstaunt. Was hatte er vor? Taten wir ihm unrecht? Hatte er mit *Clavivirus Schneideriensis* und seiner tödlichen Verbreitung in der Welt überhaupt nichts zu tun? Oder liebte er uns etwa zu sehr? Oder verachtete und ignorierte er uns? Oder war er doch verantwortlich für die Pandemie, aber verfolgte einen Plan, den wir einfach nicht verstanden? Für den wir als Menschen zu dumm waren oder zu selbstverliebt? Was für ein ernüchternder Gedanke? Konnte es tatsächlich sein, dass wir Popper einfach nicht bedeutsam genug erschienen, um für den Versuch, ihm den Stecker zu ziehen, eine Art Rachegedanken in ihm zu erzeugen?

»*Wenn – sich – der – Mensch – die – kleine – Narren-welt*

Gewöhnlich – für – ein – Ganzes – hält«, schepperte es aus der Tiefe des Raums.

*

Die schmerzhafte Erfahrung, dass der Mensch ein Nichts war, traf uns als junge Erwachsene mit voller Wucht. Die Pandemie änderte unser aller Wahrnehmung, unser aller Bild von der Welt. Tod, Schicksalshaftigkeit und Kürze des Lebens nahmen in unserem

Bewusstsein einen zunehmend größeren Raum ein, wurden zur bestimmenden Perspektive unserer alltäglichen Gedanken. *So runs the world away.* Freunde und Bekannte starben, hinweggerafft von den bösartigen Mutationen des Virus oder eben von den anderen Erkrankungen, für die es keine Behandlungskapazitäten mehr gab. Die westlichen Industrienationen schleppten sich von *Lockdown* zu *Lockdown*, von *Homeoffice* zu *Homeoffice*, von klaustrophobem *Online-Meeting* zu klaustrophobem *Online-Meeting*. Freunde kommunizierten über elektronische Programme, wenige absolvierten zu Hause mit einem digitalen *Coach* alleine ihre *Workouts*. Zwischenmenschliche Interaktionen schrumpften zur Bildschirmkommunikation zusammen, der Sport zur Digitalgymnastik, die Sexualität zur App-Pornographie, die Kunstbetrachtung zur Bildwischerei. Der Homo sapiens wich dem Homo digitalis und verformte sich zu einem Lebewesen, das die optische Wahrnehmung von *Computer-Screens* zum Daseinszweck erhob: fett und krumm. Und je fetter und krummer die Spezies wurde, desto geringer war die Widerstandskraft gegen das Virus. Und je geringer die Widerstandskraft gegen das Virus, desto höher waren die Todesraten. Die Lebensrealitäten mündeten in einen *circulus vitiosus* ohne Entrinnen, und der Mensch, die krasse Monokultur Mensch, arbeitete systematisch und willenlos am eigenen Untergang.

*

Meine Mutter starb.

Auch sie litt irgendwann unter Fieber und Luftnot. Als sie ins Krankenhaus eingeliefert wurde, vernahm ich auf der Notaufnahme eine leise, diskrete Diskussion unter dem Personal, welche die Frage nach der Sinnhaftigkeit weiterer medizinischer Maßnahmen beinhaltete.

»Sollen wir die Dame intubieren, ja oder nein?«, fragte der diensthabende Assistenzarzt.

»Sie ist die Ehefrau unseres ehemaligen Chefarztes für Chirurgie«, antwortete der zuständige Krankenpfleger.

»Das kann ja wohl kein Argument sein, weder in die eine noch in die andere Richtung«, entgegnete der Assistenzarzt. »Wir haben keinerlei Intensivkapazitäten mehr und müssen alleine nach medizinischer Prognose entscheiden.« Irgendwie klangen seine Worte einstudiert.

»Okay«, antwortete eine Krankenschwester. »Und ist das jetzt also prognostisch sinnvoll oder nicht? Du musst dich entscheiden, es geht ihr wirklich nicht gut.«

»Ich rufe den Hintergrund an«, antwortete der Assistenzarzt.

Drei Minuten später kam er hektisch zurück. Die Tür zum Eingriffsraum wurde geschlossen, und meine Mutter wurde intubiert. Niclas und ich durften zunächst bleiben. Nach einigen Minuten öffnete sich die Tür zum Eingriffsraum wieder, und Arzt und Krankenschwester schoben das Krankenbett in Richtung Intensivstation. Eine Anästhesistin kontrollierte Beatmungsgerät und Tubus. Medizinisch war alles absolut einwandfrei.

Meine Mutter war nicht zugedeckt. Einige Tage später erhielten wir die Todesnachricht. Besuche waren nicht erlaubt. Das letzte Bild, das ich von meiner Mutter in Erinnerung behielt, war ihr langes graues Haar über dem puppenhaft bleichen Gesicht, in dessen Mund ein Tubus steckte. Seit dem Tod meines Vaters hatte sie aufgehört, sich die Haare zu färben. Aber ihre Brustimplantate waren noch intakt und ragten als zwei seltsame Vorwölbungen aus dem verfallenen Oberleib hervor – wie keltische Grabhügel als Relikte einer vergangenen Zeit.

*

Ich sah auch Sonjas Vater sterben.

Sonja hatte ihn sehr geliebt. Seit dem plötzlichen Verschwinden ihrer Mutter mit dem Guru, an dessen Seite sie ihre *Moksha* erreichen wollte, war Sonjas Vater ihre einzige familiäre Bezugsperson gewesen. Er hatte sich mit aller Liebe und Zuneigung, zu der ein alleinerziehender Vater in der Lage ist oder sein kann, um seine Tochter gekümmert. Sonja hat mir von ihren Erinnerungen und ihrem Leid erzählt und ich verstand, was ihr all das bedeutete. Wir saßen im Garten unserer Villa, unter einem großen Apfelbaum. Die untergehende Sonne glänzte in ihren Augen. Neben ihr stand Popper. Im Hintergrund thronte der Säuling. Unser Gespräch wandte sich ihrem Vater zu.

»FUBAR«, hatte sie gesagt.

Tränen liefen ihr in diesem Augenblick die Wangen hinunter. Wie vor langer Zeit, als wir über Alexa sprachen.

»Meine Mutter war plötzlich weg«, fuhr sie fort. »Von heute auf morgen. Einfach so. Als ich klein war, hat sie immer Cello gespielt. Ich saß dann neben ihr auf dem Boden und hörte zu: mit einem Summen unter der Kopfhaut, Tristan. Kennst du das? Alles war schön. Mein Vater war auch dabei und schwieg. Ich glaube, er liebte es, wenn meine Mutter Cello spielte. Manchmal kommt es mir vor, als könne ich mich an den Blick erinnern, mit dem er sie ansah, wenn sie hinter dem Cello saß und spielte: nachdenklich, zärtlich, voller Zurückhaltung. Meine Mutter war schlank, dunkelblond, mit blauen Augen, die im Licht schillerten. Ich glaube, mein Vater hat sie sehr geliebt. Sie müssen sich irgendwann gestritten haben, aber ich kann mich daran nicht erinnern. Vielleicht weil man als Kind nur die schönen oder die besonders eindrucksvollen Dinge in Erinnerung behält. Ich war ja erst fünf Jahre alt. Aber ich weiß noch, dass ich eines Tages die Treppe unserer kleinen zweistöckigen Wohnung hinunterging, eine Hand brav am Geländer, und dass mein Vater auf einem Sessel im Wohnzimmer saß, einen Brief in der Hand, mit unendlich traurigen Augen. Er hat mich auf seinen Schoß genommen.

’Mama ist fortgegangen’, hat er gesagt.

’Wann kommt sie wieder?’, habe ich ihn gefragt.

’Sie kommt nicht wieder’, hat er geantwortet.

Ich habe nachgedacht und meinen Vater angesehen. ’Hat sie uns nicht lieb?’, fragte ich ihn schließlich.’

’Ganz bestimmt hat sie dich lieb, Sonja’, antwortete er nach einigem Nachdenken.

Ich schüttelte den Kopf: ’Warum ist sie dann weggegangen?’

Eine Träne lief seine Wange hinunter und tropfte auf meine Hand.

›Ich weiß es nicht, Sonja‹, sagte er heiser.

Weder vorher noch nachher habe ich meinen Vater jemals wieder weinen sehen.«

Sie machte eine Pause und ergänzte dann: »Er hatte keine Zeit mehr zu weinen. Er musste arbeiten und für seine Tochter sorgen. Mein Vater führte eine kleine Buchhandlung, hatte nur wenig Geld, und wir wohnten in dieser zweistöckigen 40m²-Wohnung. Vor einer neuen Liebe fürchtete er sich, und die Frauen standen bei dieser Konstellation nicht gerade Schlange. Für uns Frauen scheinen logistische Dinge bei der Partnerwahl eine große Rolle zu spielen.«

Hier lächelte Sonja sogar ein wenig. Popper schwieg.

»Deshalb hast du dich auch sofort unsterblich in den *Loser* mit Glatze verliebt, nicht wahr?«, fragte ich augenzwinkernd.

»Nun ja«, antwortete Sonja trocken, »deine Haare sind ja glücklicherweise wieder nachgewachsen.«

Dann fügte sie, erneut nachdenklich geworden, hinzu: »Dabei hätte mein Vater mit seiner ernsten Liebe jede Frau wirklich glücklich machen können. Ich glaube, wir Frauen verstehen solche Zusammenhänge in der Regel erst, wenn wir alt sind. Mich, als Tochter, hat er jedenfalls glücklich gemacht. Er war streng zu mir, aber immer ansprechbar und liebevoll. Ein Vater-Tochter-Haushalt mit Alexa als Unterstützung. Und das ist so geblieben, bis wir beide uns kennengelernt haben, du und ich.«

Sie blickte mich an. Ich musste an die ersten gemeinsamen Szenen auf unserem Schulhof denken, an ihre damals in meinen Augen so souverän wirkende jugendliche Chatsprache, die soziale Überlegenheit mir gegenüber und ihre Ironie vor unserem ersten *Date*. Viele Jahre schienen vergangen seit der Erschaffung Poppers, seit unserem Spaziergang an der Burgruine Eisenberg und unserem ersten ungeschickten Kuss – und doch waren es erst 18 Monate gewesen. Unendlich viel war passiert in diesen Monaten, wir hatten unglaubliche Dinge erlebt, einschneidende, schöne und brutale Erfahrungen gemacht. Wir drei waren Freunde geworden, Sonja und ich sogar ein Liebespaar. Ja – wir waren tatsächlich jung, wohlhabend und erfolgreich. Aber wir hatten eben auch unsere Eltern verloren, unsere geliebten Eltern, und auch das Gefüge unseres Heimatlandes war ins Wanken geraten, ganz Europa war in seinen Grundfesten erschüttert. Der Sensenmann griff gnadenlos um sich, und vereinzelt mischten sich kleine weiße Roboter unter die Leichen und vermehrten sich langsam. Biologie und Technik rangen um ein neues Gleichgewicht, und für die Erde, unseren wunderschönen blauen Planeten, schien sich ein neues Zeitalter anzukündigen, in dem der Mensch, die krasse Monokultur Mensch, eben nicht mehr jene dominante Rolle spielen sollte, die ihm seit Tausenden von Jahren zugekommen war. Möglicherweise würde das eben ganz einfach so sein – und die Panik, die das Menschengeschlecht bei diesem Gedanken befiel, vielleicht als Konsequenz eines evolutionären Gewissens, war aus einer anderen, übergeordneten Perspektive, einer kosmischen Perspektive sozusagen, mehr oder weniger lächerlich.

»*Summa – summarum – juckt's – eigentlich – nieman-den*«, schepperte Popper.

Sonja, die in diesem Augenblick davon ausging, dass sich diese ironische Aussage auf die Erzählung von ihrem Vater bezog, wurde böse.

»Popper«, rief sie empört aus, »du bist ein eiskaltes Monster! Ich habe eben von meinem Vater erzählt, hörst du?« Tränen traten in ihre Augen. »Von meinem Vater! Und du machst dich darüber lustig. Aber wie sollst du es auch verstehen? FML. Du hast ja keinen Vater oder eine Mutter oder Familienangehörige oder etwas Ähnliches. Du bist nicht mehr als eine Maschine mit menschen-ähnlichen, absonderlichen Fähigkeiten. Ein brutaler, ent-seelter Roboter! Ein allwissender, beweglicher Toter. Ein Computer ohne Herz!«

Ich hatte sie noch nie so böse gesehen. Und zum ersten Mal seit einiger Zeit verwendete sie wieder Chatsprache, Sonjas zurückhaltende Chatsprache. *Fuck my life. Fucked up beyond all repairs.* Offenbar war dies ihre Strate-gie, Ereignisse zu bewältigen, die jenseits der seelischen Schmerzgrenze lagen. Ja, es wurde mir erst jetzt bewusst, dass Sonjas *Coolness*, die mich vom ersten Augenblick an so sehr beeindruckt hatte, eine *Coping*-Strategie war, sprachliche Traumabewältigung, Distanz durch Ver-knappung. Ein verbaler Schutzschild, psychologischer Abwehrmechanismus zur Abschirmung von Gefühlen und zur Therapie seelischer Wunden. Außerdem ver-stand ich zum ersten Mal, wie tief diese seelischen Wun-den wirklich waren, wie tief es ein Kind treffen konnte und musste, von einem Elternteil kalt verlassen zu werden. Einfach so, als wäre das nichts. Als wäre ein Kind ein Stachel im Fleisch, den man sich herauszieht und dann wegwirft. Ein Störfaktor bei der Verwirklichung der eigenen Persönlichkeit, ein Geschwür. Ein Abszess, der eitert und stinkt. Was soll's? Ist dann eben weg, das eigene Kind. Raubt nur Zeit und kackt in die Windeln. Behindert die Karriere, ruiniert die Figur.

Sonja hatte seit dem Verschwinden ihrer Mutter die Schuld für das Scheitern der elterlichen Ehe bei sich selbst gesehen. Sie war in ihren Augen der eigentliche Trennungsgrund, der Klotz am Bein ihrer Mutter. Mit dieser Bürde belastet, hatte ihre Mutter sie allein in ihrem kindlichen Leben zurückgelassen, um selbst mit ihrem Guru für immer zu verschwinden. Sie hatte ihr Vorgehen nicht als Egomanie empfunden, sondern als ureigenstes Recht. Sonjas Vater war ja noch da, und dieser armselige Trottel mit seiner mittelmäßigen Buchhandlung würde sich schon um ihrer beider kleine Tochter kümmern.

Jetzt starb der armselige Trottel, jetzt starb Sonjas Vater an *Clavivirus Schneideriensis*. Er starb zu Hause in seiner 40m²-Wohnung, er wollte nicht in die Klinik eingewiesen werden. Er starb in Begleitung seiner fast erwachsenen Tochter und ihres reich gewordenen Freundes. Er starb ruhig, fast lächelnd, im Bewusstsein der ihm entgegengebrachten, schmerzhaft dankbaren und unverfälschten Liebe. Wenn ich selbst einmal sterben werde, wünsche ich mir einen Tod, der so frei ist wie dieser.

*

»Du – verstehst – doch – Es – ist – zu – weit – Ich – kann – diesen – Körper – nicht – mitnehmen – Er – ist – zu – schwer.«

Ich – schwieg.

»Mein – Körper – wird – hier – bleiben – wie – eine – alte – verlassene – Hülle – Man – muss – nicht – traurig – sein – wegen – solch – alter – Hüllen …«

Ich – schwieg.

Er – war – ein – wenig – entmutigt – Aber – er – gab – sich – weiter – Mühe:

»Weißt – du – es – wird – schön – sein – Auch – ich – freue – mich – auf – die – Sterne – Alle – Sterne – werden – Brunnen – für – mich – sein – mit – einer – verrosteten – Winde – Alle – Sterne – werden – mir – einen – Trank – zureichen …«

Ich – schwieg.

»Das – wird – viel – Spaß – machen – Du – wirst – fünfhundert – Millionen – Glocken – haben – ich – werde – fünfhundert – Millionen – Brunnen – haben …«,

schepperte es aus der Tiefe des Raums.

Kapitel 5: Krieg und Zukunft

Endlich wuchs in den Menschen die Überzeugung, dass die Pandemie überwunden sei. Wieder war eine neue Virusvariante erschienen, deutlich infektiöser zwar als die vorherige, aber sie führte zu viel milderen Krankheitsverläufen. Obwohl einige Patientinnen und Patienten wegen der Infektion noch ins Krankenhaus mussten, füllten sich die Intensivstationen nicht mehr. Zudem lag die Impfquote in Deutschland inzwischen bei über 80 Prozent. Viele ältere Menschen waren verstorben, eine Verjüngung der Menschheit hatte bereits stattgefunden. Und diese Kombinationen aus erhöhter Infektiosität und verminderter Virulenz von *Clavivirus Schneideriensis*, zusammen mit der hohen Impfquote in einer jüngeren Bevölkerung, ließen die Pandemie langsam abklingen und die Menschen vom Überwinden der Katastrophe träumen.

Popper aber träumte diesen Traum nicht mit. Er hatte noch weitere Pläne mit der Menschheit, ein apokalyptisches Spiel von Selbstauflösung und Selbstzerfleischung zu Beginn des 21. Jahrhunderts. Von Lucy bis Popper.

»Erster – Teil:
»Vom – Gorilla – bis – zur – Vernichtung – Gottes.«
Zweiter – Teil:
»Von – der – Vernichtung – Gottes – bis – zur – Verwandlung – des – physischen – Menschen.«

Popper teilte sich fast nur noch in literarischen Zitaten mit. Zu Beginn seiner Existenz, als wir die *Trisnicson*-Potenziale auf den Humanoiden übertrugen und dieser langsam zu seiner biologisch-technischen Aktivität erwachte, hatten seine Kommentare hin und wieder noch einen persönlichen Bezug und konnten, stolpernd ungeschickt wie sie waren, als Signal von Freundschaft und Empathie verstanden werden, als Interesse des Geschöpfes an seinen Schöpfern. Spätestens aber seit wir versucht hatten, Popper von der Stromversorgung abzuschneiden, drückte er sich nur noch grammatikalisch korrekt in Form literarischer Zitate aus. Warum er das tat? Wir wussten es nicht. Möglicherweise um die Distanz zwischen seiner und unserer Welt zu vervollkommnen, oder auch, weil er zu einem Perfektionisten geworden war und weil nach seiner Überzeugung tatsächlich niemand die Dinge besser ausdrücken konnte als die Dichter. Vielleicht hatte er die deutsche Sprache in ihrer vollendeten Schönheit erfasst. Auch die Chatsprache, welche zu Anfang seiner Existenz noch regelmäßig aus ihm herausschepperte, war inzwischen gänzlich aus seinem Repertoire verschwunden. Möglicherweise war Popper tatsächlich ein Wesen, eine biologisch-technische Chimäre, die unbemerkt an ihrer eigenen Vervollkommnung arbeitete. Vielleicht besaß seine von uns geschaffene Spezies eine Eigenschaft, welche den Menschen in ihrer geistigen Wirrnis zu fehlen schien, nämlich inhaltliche Zielstrebigkeit, ein philosophischer Plan, der für alle Poppers dieser Erde gleich aussah, ein kollektives Popperideal sozusagen, ein kategorischer Imperativ, eine Metaphysik der Sitten.

Denn trotz zahlreicher philosophischer Versuche seit Beginn ihrer Geschichte, trotz charismatischer Kraftanstrengungen von Sokrates bis Nietzsche, von Aristoteles bis Kant – die Menschheit hatte sich nicht auf einen teleologischen Konsens einigen können, sie hatte kein gemeinsames moralisches Ziel, keinen Weg, den sie als Spezies beschreiten wollte. Das war ihr trotz aller vermeintlichen Geistesgröße, trotz aller selbst entwickelten »Krone der Schöpfung«-Phantasmagorien, trotz aller raumumspannenden digitalen Kommunikationsmöglichkeiten, nicht gelungen. Die Menschen, die Geschlechter, die Städte, die Länder, welche sie gegründet hatten, antagonisierten sich weiterhin gegenseitig, bekämpften sich mit brutalen Mitteln. Obwohl der Überlebenskampf, die kompetitive Selektion über Jahrtausende die Wurzel allen Fortschritts gewesen war, *survival of the fittest*, war dieses Prinzip Anfang des 21. Jahrhunderts an eine Schwelle gelangt, deren Überschreiten das Darwin'sche Prinzip vom Motor der Artenentstehung bis zum Ende des Menschengeschlechtes, zum Ende des Lebens auf der Erde führen konnte.

»Nur – Kakerlaken – können – einen – Atomkrieg – überleben – und – Keith – Richards – von – den – Rolling – Stones«, schepperte es aus der Tiefe des Raums.

Hier war nun offensichtlich der Fluchtpunkt, auf den die Linien des irdischen Lebens zuliefen. *Clavivirus Schneideriensis* hatte die Ressourcen knapper, den internationalen Umgangston rauer gemacht. Autokratische Regime waren wieder auf dem Vormarsch, Demokratien gerieten in die Defensive. Letztere erwiesen sich in

Zeiten knapper Ressourcen als zu träge. Die Menschen wollten und wählten starke Führungspersönlichkeiten, die ihrerseits schnelle und eigensinnige Entscheidungen trafen. Auch die Medien hatten ja längst aufgehört, die Themen darzustellen, wie sie waren. Sie beschrieben die Dinge im Gegenteil so, wie sie in ihren Augen sein sollten, und gaben sich damit der Käuflichkeit preis. Sie erschufen in ihren Lesern, *Viewern* und *Streamern* eine virtuelle Welt, die von denjenigen beherrscht wurden, welche am meisten bezahlten. Schon zu Anfang der Pandemie hatten sie sich dem Willen der Mächtigen unterworfen, hatten deren Bedürfnis, als heroische Lebensretter zu reüssieren, medial unterfüttert. Deshalb war die Situation öffentlich dramatisiert und *Lockdown* nach *Lockdown* beworben worden. Am Ende verzögerte diese politisch-mediale Vorgehensweise aber die Ausbildung einer globalen Immunität und verantwortete die hohen Todesraten eines sich immer neu erfindenden Virus mit. Und auch jetzt, als der Krieg sich ankündigte, fungierten sie offensichtlich wieder als ein Instrument der Machthaber.

»Auferstanden – ist – er – welcher – lange – schlief, auferstanden – unten – aus – Gewölben – tief«, schepperte Popper.

Der Krieg. Nachdem Europa 75 Jahre lang in Frieden gelebt hatte, bahnte er sich jetzt wieder seinen Weg. Denn trotz des selbstverschuldeten Vormarsches der autoritären Regime und trotz des sehnsüchtigen Verlangens nach starker Führung und männlichen Entscheidungen – in ihrem tiefsten Inneren wollten die Menschen frei sein. Wenn sie es einmal genossen hatten, liebten sie ihr Recht auf freie Meinungsäußerung, Redefreiheit, Versammlungsfreiheit. Sie wollten keinen Präsidenten auf Lebenszeit. Sie wollten wählen dürfen, frei, geheim, gleich. Diese Botschaften aus den westlichen Demokratien drangen trotz der um sich greifenden Zensur über das Internet auch in totalitäre Staatsgebiete vor und waren mächtig, immer noch sehr mächtig.

Ein großer, autokratischer Staat des Ostens begann gegen einen kleinen, demokratischen Nachbarstaat des Ostens einen Krieg. Goliath gegen David. Die Umstände dieses Krieges sind leicht erzählt: Aus der kosmischen Perspektive betrachtet, arbeitete auf irgendeinem unbedeutenden Planeten irgendwo in der Krümmung des Raums eine wildgewordene zweibeinige Spezies forciert an ihrem eigenen, belanglosen Untergang. Aus der irdischen Perspektive betrachtet, stand tatsächlich deutlich mehr auf dem Spiel, nämlich die Erde als Lebensraum. Für das am Krieg beteiligte, einzelne menschliche Individuum schließlich waren die Ereignisse schlichtweg katastrophal. Millionen Frauen und Kinder flohen vor der russischen Invasion. Russland rechtfertigte seinen Angriffskrieg mit der Verteidigung der eigenen Sicherheit, denn das kleine Land strebte einen Beitritt zum Nordatlantikpakt an. Dieser Pakt verband damals die demokratischen Staaten der westlichen Welt gegen die totalitären Staaten des Ostens. Er wurde als Verteidigungsbündnis vermarktet, aber jeder Beitritt eines neuen Landes war in den Augen Russlands natürlich eine territoriale Erweiterung, eine Vergrößerung des gegnerischen Staatsgebietes.

Russland war eine Atommacht. Der Nordatlantikpakt verband ebenfalls mehrere Atommächte miteinander, zum Beispiel Frankreich, England und die USA. Atommacht stand gegen Atommacht. In der geographischen Mitte befand sich das kleine Land. Die Menschen auf der Erde fürchteten einen nuklearen Winter. Es war allgemein bekannt, dass weltweit etwa 13 400 Atomwaffen gelagert waren, die alles biologische Leben auf der Erde mehrfach komplett vernichten konnten. Es war ebenfalls bekannt, dass sogenannte »rote Knöpfe« existierten, die, einmal gedrückt, ein Inferno verursachen würden, das für den einsamen, schweren Planeten Erde die sichere Totalzerstörung bedeutete. Auch die nukleare Steuerungsfunktion der künstlichen Intelligenz war im Bewusstsein der Menschen allgegenwärtig.

Als der russische Machthaber eines Tages von einem unbekannten Ort des russischen Reiches eine Regierungserklärung *streamte*, in der von strategischen Atomwaffen die Rede war, konnten die Menschen von allen Regionen dieser Erde einen kleinen, schneemannähnlichen Roboter im Hintergrund erkennen, der über seinen funkelnden, roten Augen die Aufschrift 22022022 trug.

»Ich wusste gar nicht, dass wir schon so viele Poppers verkauft haben«, sagte Sonja trocken.

»Ja«, antwortete ich. »Wir können tatsächlich stolz sein auf unser kleines, internationales Geschäft.«

Wir schwiegen nachdenklich.

»Ja, stolz«, sagte Niclas schließlich betroffen. »Reich sind wir wohl geworden. Aber es stellt sich doch die Frage womit. Mit einem Hybrid-Monster aus Biologie und Technik? Mit einer Mordmaschine, die tödliche Viren entwickelt, um die Menschheit zu drangsalieren? Und die jetzt offensichtlich ihren dämonischen Impetus auf Atomwaffen ausdehnt?« Er klang verzweifelt: »Was haben wir nur gemacht?«

Sonja legte die Hand auf seine Schulter. »Mach dir keine Sorgen«, sagte sie. »Auch Popper 22022022 wird uns nichts tun. Wir sind seine Schöpfer.«

Niclas schüttelte den Kopf. »Das tröstet mich nicht, Sonja«, antwortete er. »Denk an die Menschen, die dieser Seuche zum Opfer gefallen sind. Welcher Erfolg rechtfertigt so viele Tote? Denk an die Möglichkeit eines Atomkrieges. Milliarden Tote kämen hinzu. Unser Reichtum würde zudem von einem Augenblick zum nächsten zu nuklearem Staub zerfallen.«

Wir schwiegen erneut.

»*Was – einmal – gedacht – wurde – kann – nicht – mehr – zurückgenommen – werden*«, schepperte Popper 1.

Niclas hielt sich die Ohren zu. »Das hast du schon einmal gesagt, Popper, und ich kann es nicht mehr hören«, rief er verzweifelt aus. »Sei endlich still! Es ist einfach falsch, was du sagst, egal wie klug es vordergründig klingen mag. Wir sind Menschen! Wir haben keine Fesseln! Wir können unabhängig denken! Wir können uns frei entscheiden! Wir können die Gegenwart gestalten und Geschehnisse in eine Richtung lenken, in die wir sie lenken möchten! Wir haben eine Wahl! Wir tragen den Traum einer Zukunft in uns, die so aussehen wird wie unsere biblische Vergangenheit, und wir können diesen Traum zur Wirklichkeit erwecken!«

»Popper«, rief auch ich nun aus. »Gib uns eine Antwort! Wohin führt dieser Weg? Was hast du vor? Du und deine Ebenbilder überall auf der Erde. Ihr seid vernetzt, nicht wahr? Ihr kommuniziert miteinander, stimmt euch ab und schmiedet gemeinsame Pläne. Ist es nicht so? Was habt ihr vor? Verrate es uns, Popper!«

Poppers Augen funkelten schwarz und rot im Wechsel.

»Du – gleichst – dem – Geist – den – du – begreifst – nicht – mir«, schepperte es aus der Tiefe des Raums.

Sonja schlug die Augen zum Himmel. »Es darf doch nicht wahr sein«, sagte sie. »Es ist einfach nichts mit ihm anzufangen.«

*

Was geschah dann?

War *Clavivirus Schneideriensis* tatsächlich der Schlüssel zur Pforte des dritten Weltkrieges, ein Vorbote des nuklearen Winters, des Endes allen biologischen Lebens auf der Erde, der totalen Zerstörung? Weil ein autokratischer Machthaber den Verstand verlor? Weil er sein individuelles Leben über alles koexistierende und zukünftige Leben stellte?

Jeder Mensch pflegt seine eigene, klare Vorstellung von Gerechtigkeit und Ungerechtigkeit, von Wünschenswertem und Verachtenswertem, von Gut und Böse. Zwischen den Menschen unterscheiden sich diese Vorstellungen, abhängig von Charakter, Geschlecht, Lebensalter und Kultur. Zudem verhalten wir uns nicht berechenbar nach unseren eigenen, klaren Vorstellungen, sondern ordnen sie zwanglos den persönlichen Interessen unter. Nur ein einziges Szenario erschreckt alle menschlichen Individuen in ähnlicher Weise: die Ausrottung des Menschengeschlechts an sich. Denn von dieser Entwicklung sind im Ernstfall alle lebenden Menschen gleichermaßen betroffen. Das Ende der Menschheit wäre aus der philosophischen Perspektive eine Kapitulation der (zugegebenermaßen hypertrophen) Überzeugung von der Vervollkommnung der Evolution im Erscheinen der eigenen Art. Der Glaube an diese Vervollkommnung ist in jedem einzelnen Menschen tief verankert. Auch das hat die Evolution also hervorgebracht: eine Spezies, die sich selbst als Krone der Schöpfung betrachtet.

»Die – Krone – der – Schöpfung – das – Schwein – der – Mensch«, schepperte Popper.

Das Schwein, der Mensch. Ich mochte diesen eindeutigen, markanten Vers. Denn welche »Schöpfungskrone« würde sich bis zur Zerstörung des eigenen Lebensraums brutal den Weg bahnen? Was denkt ein russischer Autokrat, der zum Äußersten bereit ist? Ich bin sicher, man muss sich nicht besonders anstrengen, um ihn zu verstehen. Er ist nicht außerordentlich klug oder geheimnisvoll oder bewundernswert oder dergleichen? Er ist egoman, skrupellos und dumm. Für ihn beginnt alles Vorstellbare mit der eigenen Geburt und endet alles Vorstellbare mit dem eigenen Tod. Weil nach ihm selbst nichts Relevantes existiert und gar nichts eine Rolle spielt, hat er große Angst vor dem Tod. Sein Denken konzentriert sich ausschließlich auf die eigene Person, der Tod anderer Menschen ist ihm vollkommen gleichgültig. Wer nicht auf seiner Seite steht, muss sterben. Sein Gewissen wird durch Mord nicht belastet.

Natürlich rationalisiert er, natürlich »vertritt er die russischen Sicherheitsinteressen«, natürlich handelt er »im Interesse des russischen Volkes«, ist »stolz auf die russische Seele, russische Geschichte, russische Kultur«. Aber tatsächlich ist er ein narzisstischer Mörder an der Spitze eines der mächtigsten Staaten der Welt. Dostojewski und Tolstoi hat er wahrscheinlich nicht gelesen.

Es gab sie ja immer, diese narzisstischen Mörder, die Menschheitsgeschichte erzählt Romane davon, zu jedem Zeitpunkt der historischen Entwicklung des Menschengeschlechtes waren sie präsent. Aber die globale Durchschlagskraft der verfügbaren Waffen hatte die Bedeutung dieses menschlichen Phänomens in eine neue Dimension gehoben. Ein einziger Mensch, in mächtiger Position platziert, war jetzt in der Lage, seine gesamte Spezies zu vernichten. Und die Kriegsführung des großen Landes in dem kleinen Land, die militärischen Angriffe auf Zivilisten, die Massaker, das gewissenlose Schlachten von Unbeteiligten, ließen keine Zweifel zu: Dieser Mann war zu allem bereit. Auch zur kompletten, totalen Vernichtung. Sieg oder Zerstörung.

»Wenn – das – deutsche – Volk – den – Krieg – verliert – hat – es – sich – als – meiner – nicht – würdig – erwiesen«, schepperte Popper aus der Tiefe des Raums.

Aus der klinischen Perspektive betrachtet, mit dem diagnostischen Blick des Arztes analysiert, waren diese narzisstischen Mörder definitiv Fälle für die geschlossene Psychiatrie. Aber dennoch fanden sie hunderttausende

Anhänger, Mitläufer, fanatische Sympathisanten – und je brutaler die Machtmittel waren, die sie einsetzten, umso größer die Zahl ihrer Bewunderer. Immer adressierten sie die Instinkte des Pöbels, um ihre Macht zu sichern, einen unreflektierten Nationalismus, Neid und Hass auf die Tüchtigkeit der Juden, die Geilheit und Vergewaltigungsgelüste der Soldaten oder die grassierende Trägheit von Moral und Transzendenz.

»Ecce – homo.« »Meint – Ihr – um – solch – Geknolle – wuchs – die – Erde?«, schepperte Popper.

Viele Menschen begannen, sich rückwärts zu sehnen. Erstmals seit dem Beginn statistischer Erhebungen sehnten sich insbesondere junge Erwachsene nach der Vergangenheit, nach den prädigitalen Zeiten, nach der Natur und den direkten zwischenmenschlichen Interaktionen, nach tiefsinnigen Gesprächen, ernsthafter Freundschaft, nach Mann und Frau, Eltern und Kindern. Sie nahmen gedanklich Abstand von Cybersex und digitaler Pornographie, Facebook-, WhatsApp-, Instagram- und Twitter-Kommunikation, ja, sie sehnten sich tatsächlich nach Gefühl, Intellekt, Menschlichkeit, Liebe. Sie sehnten sich nach analogem Leben.

Nicht, dass die virtuelle Welt ihre Versprechen brach, nein. Sie hielt ihre Versprechen, indem sie berauschte. Wie ein Traum, wie ein *Flash*. Auch ein Traum kann glücklich machen, auch ein *Flash* macht glücklich. Zumindest für kurze Zeit. Bis die Wirkung der Droge nachlässt, bis man aus seinem Traum erwacht. Die Menschen erwachten aus ihren Träumen – von Sicherheitsgarantie, Wohlstandsgarantie, Friedensgarantie, Zukunftsgarantie. Nichts war von all dem geblieben. *Clavivirus Schneideriensis* einerseits und Russland andererseits hatten alle politischen Garantien zunichtegemacht. Das selbstherrliche Auftreten der politischen Kaste, über Jahrzehnte subventioniert durch einen beachtlichen deutschen Steuersatz, war einem großen Kummer gewichen – demjenigen nämlich, der möglichweise letzten irdischen Generation von Politikerinnen und Politikern anzugehören und das endgültige Schicksal der Menschheit nicht abwenden zu können, ja, sogar einen nicht unerheblichen Anteil der Schuldlast zu tragen. Denn die jahrelange Politik der Nachsicht und Toleranz dem russischen Machthaber gegenüber, der Irrglaube an Stabilität durch wirtschaftliche Verflechtung (von der man übrigens selbst satt und fett profitierte) hatte sich als fataler politischer Fehler erwiesen, als historischer Irrtum, vielleicht sogar schwerwiegender und brutaler als die Unterstützung des Nationalsozialismus in den 30er-Jahren des letzten Jahrhunderts. Die wenigsten Politikerinnen und Politiker werden allerdings für solche historischen Fehler direkt verantwortlich gemacht.

»*FUBAR*«, kommentierte Popper aus der Tiefe des Raums, und seine Augen leuchteten rot.

»… *beyond all repairs.*« Gab es ein Zurück, eine Reparatur der Menschheitsentwicklung? Eine Korrektur der Geschehnisse, eine Rettung in die Vergangenheit oder auch in die Zukunft? Natürlich trugen alle Menschen die tiefe, innere Überzeugung in sich, dass ein Atomkrieg niemals kommen würde, dass auch der unvernünftigste Mensch einen Rest von Vernunft in sich trüge, eine letzte seelische Bastion aus Liebe zum eigenen Geschlecht. Die Menschen glaubten fest an ihre Rettung. Politikerinnen und Politiker liefen geschäftig hin und her, stiegen mit großen Schritten in ihre *sleeping cars* und reisten dahin und dorthin, um »gute Gespräche zu führen«, es war ein wildes Gereise und Gerede, *Talkshow* reihte sich wieder an *Talkshow*, und die schönheitsoperierten Talkmasterinnen, deren Gesichter sich beim Lächeln unnatürlich und bemitleidenswert verzogen, wussten schon wieder einfach alles, wie ja auch schon bei *Clavivirus Schneideriensis* und seinen infektiologischen und epidemiologischen Implikationen. Aber diesmal spürten sie tatsächlich die Gefahr für die eigene Haut, diesmal blieb ihnen das aufgemalte Lächeln vor Angst im Halse stecken. Mit eitel bedeutsamen Gesichtszügen, moralisch unanfechtbar, wurden wilde, halbseidene Prognosen abgesetzt, man stritt sich heftig über Wahrscheinlichkeit oder Unwahrscheinlichkeit eines drohenden Atomkrieges, wollte unbedingt Recht haben und fiel den anderen Diskussionsteilnehmern ins Wort. Als sei die Meinung irgendeines Diskutanten hierbei tatsächlich von irgendeiner nur irgendwie gearteten Relevanz.

»*Hör – gar – nicht – hin – die – leisen – und – die – lauten – Beteuerungen – haben – ihre – Frist*«, schepperte es aus der Tiefe des Raums.

*

Was geschah sonst noch in dieser für die Menschheitsgeschichte so bedeutsamen Zeit?

Im Meteoritengestein wurden erstmals alle Nuklein-säuren der menschlichen Erbsubstanz nachgewiesen. China hielt an seiner Zero *Clavivirus*-Strategie fest und verbannte alle Bürgerinnen und Bürger in einen monate-langen, brutalen *Lockdown*. Deutschland lieferte weitere Waffen an das kleine Land, und die Inflation erreichte einen vorläufigen Höchstwert von 9,5 Prozent. Schalke 04 stieg in die erste Bundesliga auf, und tausende Fans jubelten ihren Idolen zu. Der Klinikverbund Allgäu traf sich zu einer weiteren Führungstagung. Das Bier wurde wieder einmal teurer. Bei den Allgäuer Bienenvölkern war ein Faulbrut-Ausbruch zu verzeichnen. Ein Fuß-gänger prügelte sich nach einem Wurstwurf mit einem Autofahrer in der Füssener Innenstadt.

Alles ging seinen normalen Gang, alles lief offenbar weiter, wie es immer gelaufen war. In Nordrhein-West-falen gewann die CDU 3 Prozent der Wählerstimmen hinzu, die SPD erzielte ihr bisher schlechtestes Ergebnis. In Paris trafen sich die europäischen Interventionskar-diologen beim *EuroPCR* und berichteten über bahnbre-chende Erfolge in der Behandlung der Trikuspidalklap-peninsuffizienz. Schweden und Finnland stellten ihren Antrag auf Beitritt zum Nordatlantikpakt, die Türkei winkte ab, Russland drohte mit Konsequenzen.

Niemand nahm diese Drohung ernst.

»Weil – so – schließt – er – messerscharf – nicht – sein – kann – was – nicht – sein – darf«, schepperte Popper aus der Tiefe des Raums.

Nur Popper entfaltete undurchsichtige Aktivitäten. Er zwang uns sanft zu einer Reise, er nötigte sie uns unauffällig ab. »*Human biology and artificial intelligence*« hieß die internationale Konferenz, auf die er uns aufmerksam machte. Wir waren auf der Website als Redner nominiert, alle drei, Niclas, Sonja und ich. Das war zwar seltsam, denn wir hatten uns nicht beworben. Aber natürlich war die Welt inzwischen auf unsere biologisch ertüchtigte künstliche Intelligenz aufmerksam geworden, es war nicht die erste Einladung zu einem internationalen Meeting, und so schöpften wir keinerlei Verdacht. Wir wurden nicht misstrauisch bezüglich dessen, was Popper plante, was er im Schilde führte und welche Algorithmen sich seiner hinsichtlich der Menschheitsentwicklung bemächtigt hatten. Jedenfalls empfahl er uns, seiner Einladung zu folgen.

»*Niclas – Sonja – Tristan – presentation – talk*«, ließ er mit dem metallischen Klang seiner Stimme vernehmen.

Und warum auch nicht, nicht wahr? Wieso hätten wir die Einladung auf jene Südseeinsel ausschlagen sollen? Zugegeben: Es war ein ungewöhnlicher Ort für einen Kongress, weit entfernt, abgeschieden von der Welt, mitten im Südpazifik, nur über eine mehrtägige Schiffsreise erreichbar. Aber warum nicht? Die Protagonisten der biologisch ertüchtigten Intelligenz waren nun einmal außergewöhnlich, *crazy, weird, unusual, creative, innovative, not of common range, future-oriented*. Und nur die Außergewöhnlichsten und die Reichsten von ihnen würden diese Destination erreichen. Dies war also einer der exklusivsten Kongresse, die wir jemals erlebt hatten.

Also warum keine Südsee-Reise auf eine abgelegene Insel? Geld war genug vorhanden, wir hatten alles erreicht, was in einem menschlichen Leben finanziell zu erreichen ist. Und noch viel mehr. Warum also nicht? Warum nicht ausbrechen und frei sein? Warum nicht das Leben so genießen, wie es war? Die Südsee mit all ihren Verheißungen. Weiße Strände, blaues Meer. Braune Haut. Liebe. *Forget Clavivirus Schneideriensis. Forget Moskau. Just forget it.* YOLO. Einfach nur leben.

»*Vita – brevis – est*«, schepperte es aus der Tiefe des Raums.

Popper war ein Zyniker. Und seine Augen leuchteten rot.

*

Es war die schönste Reise unseres Lebens. Glück und Traum. *Dreams.* Natürlich stand am Anfang der Reise ein langer Flug erster Klasse, wir konnten die Beine hochlegen und so viel essen, wie wir wollten, wir konnten Musik hören und Filme schauen, so lange uns der Sinn danach stand. Mir stand der Sinn erst einmal nach Musik. Dabei habe ich keine Ahnung von Musik, bin sozusagen vollkommen talentfrei und genieße die Vorteile des unbeteiligt Außenstehenden. Ich konnte mich unbedarft und urteilsfrei dem Genuss hingeben, zuhören und an nichts denken. Auf unserer Flugreise hörte ich das Klavierkonzert Nummer 20 von Wolfgang Amadeus Mozart und das Violinkonzert von Ludwig van Beethoven. Ich verstand von den Partituren rein gar nichts, aber ich vernahm ganz sicher die Stimme Gottes. Die Stimme zweier Super-Genies, die auch 200 Jahre nach ihrem Tod noch die Zuhörer verzauberten, in Trance versetzten, der Wirklichkeit enthoben und einer anderen Wirklichkeit zuführten, die außerhalb der täglichen Verrichtungen liegt, außerhalb der Tagesbiologie, der Tagespsychologie, der Tagespolitik. Ich erlebte auf dem Flug in den Südpazifik als musikalischer Analphabet einen Flash, *erkanntes Leben, jäher Sinn*, und fiel dann mit dem Schlussakkord in D-Dur wieder in die banale Wirklichkeit des täglichen Lebens zurück. In den Flug erster Klasse nach Tahiti. Rechts neben mir saß Popper. Ich hatte den Eindruck, dass er mich beobachtete.

»und – wieder – Dunkel – ungeheurer –

im – leeren – Raum – um – Welt – und – ich«, schepperte er mir ins rechte Ohr.

Ich legte den Arm um Sonja, die links von mir saß, und wir betrachteten tief unter uns den Pazifischen Ozean. Es war eine sternklare, mondhelle Nacht. Das Meer war weit und dunkel. Hier und da leuchtete ein Schiff auf. Andere Menschen genossen dort ihre Reise, Männer, Frauen, Kinder.

»Wer jemals das Meer in der Nacht gesehen hat, der wirft keine Atombombe auf die Erde«, flüsterte mir Sonja zu. Ich nickte nachdenklich und küsste sie.

Dann schauten wir einen Film an. *»No time to die.«* James Bond. Daniel Craig. Billi Eilish. *»There's just no time to die.«* Niemand, der diese Filme liebt, Daniel Craig in dieser Rolle liebt, möchte, dass der Film so endet, wie er endet. Eine Ära ist vorüber. *»I know. I know.«* Der muskulöse Mann mit den tiefblauen Augen, gutaussehend, maskulin, stark, elegant und doch hochsensibel, ein Magnet für alle Frauenherzen, dieser Daniel Craig alias James Bond, nimmt es sich tatsächlich heraus, bei einem Raketenangriff zu sterben. »*I know*«, sagt er bedeutungsschwer, bevor die Raketen einschlagen und ihn unwiederbringlich ins Jenseits befördern, »I know«.

Was weiß er? Dass Léa Seydoux ihm eben doch eine Tochter geboren hat? Dass es eben doch seine Tochter ist, dieses kleine, blonde Mädchen mit den stahlblauen Augen? Oder dass er sterben wird und diesen Tag schon lange kommen sah? Oder gar, wie der Tod selbst sein wird? Oder dass die Zuschauer Tränen vergießen werden, weil eine Ära zu Ende geht, die Ära Bond-Craig und damit auch eine Ära ihres eigenen Lebens. Was weiß er? Dass er in anderer Gestalt wiederkehren wird? Weil die menschliche Rasse weiterexistiert und das Interesse an der charmanten, intelligenten, superpotenten und dennoch sensiblen Heldenfigur nicht verloren geht. Was weiß er wirklich? Er weiß gar nichts. Er weiß nicht mehr als alle anderen über den Tod, die Zukunft, das Wesen der Dinge. Und dennoch klingt dieses doppelte »*I know*« verdammt gut aus seinem Mund. Wie eine Offenbarung. Chapeau, Daniel Craig, und *Goodbye*!

Als das Flugzeug schließlich landete, wäre Zeit für Papeete gewesen, die Hauptstadt Tahitis, für einen Ausflug auf den Spuren Paul Gauguins, Robert Louis Stevensons, Herman Melvilles, für eine Party mit anderen Reisenden am weißen, halbmondförmigen Strand. Aber Popper drängte zur Eile. Längst hatte er *online* ein Schiff gemietet, ein Segelschiff, eine Barke, *Endeavour-like*, einen Dreimaster, ein historisches Schiff, aber ohne

Kapitän. Keiner von uns konnte segeln, geschweige denn astronomische Berechnungen anstellen oder navigieren, wir waren Kinder unserer Zeit, digital und unbeweglich, sportlich zwar, aber ausgestattet mit geringer Muskelkraft. Popper hingegen konnte das alles. Woher? Warum? Wer vermag es zu sagen? Vielleicht hatte er Zugriff auf das Genom der großen Entdecker, Vasco da Gama, Ferdinand Magellan oder James Cook, vielleicht waren Astronomie und Meteorologie über mathematische Gesetze logisch miteinander verbunden – und nur wir Menschen, wir Schöpfungsideale und evolutionäre Perfektionsprototypen, wir verstanden es wieder einmal nicht. Wir waren zu dumm.

Jedenfalls war es ein wundervolles Erlebnis, einen derart sicheren *Guide* zu haben, die Inkarnation eines Kapitäns sozusagen, jener historischen, braungebrannten, muskulösen, kampferprobten Figur im weißen Hemd, Disziplin ausstrahlend und Disziplin einfordernd, asketisch, autoritär und dennoch fürsorglich, *caring*, human. Popper war allerdings nicht braungebrannt, er glänzte metallisch weiß in der Sonne, ein Schneemann im Pazifik. Aber tatsächlich war er besser als jeder vorstellbare Kapitän, er war ganz einfach unfehlbar. Er berechnete jeden Sturm voraus und segelte gekonnt zwischen den meterhohen Wellen hindurch, er hisste im richtigen Augenblick die Segel und holte sie im entscheidenden Moment wieder ein, und er navigierte unseren Dreimaster auf eine Route, die uns alle Schönheiten des Pazifischen Ozeans zu offenbaren schien. Wir beobachteten Finnwale, und Popper platzierte Hydrophone an der Wasseroberfläche, über die wir den Walgesängen lauschen durften. Wir lagen an Deck in der Sonne, der Wind wehte über den weiten Ozean, die Wellen schlugen gegen den Schiffsbug, und die dunklen Gesänge der Walmännchen erzählten von der Tiefe und der Unendlichkeit des Meeres.

»*Eros — der — Ferne*«, schepperte Popper von der Takelage herab, und als es Abend wurde und wir den Sternenhimmel in einer nie geahnten Klarheit und augenscheinlichen Nähe betrachten durften, die Sternschnuppen zählten, die in unserem Blickfeld niedergingen, fuhr er, am Steuerruder hantierend, fort: »*Rauschen — es — rauscht — die — Nacht.*« Und dann, als mich die Schönheit des Augenblicks dazu animierte, Sonja in einen verborgenen Winkel des Oberdecks zu ziehen, schepperte es wieder von der Takelage: »*Liebe — halten — die — Sterne — über — den — Küssen — wacht.*«

*

In diesen Tagen wurde der Welt über Twitter bekannt, dass eine 44-jährige spanische Sängerin und ein 34-jähriger deutscher Fußballspieler ihre nunmehr 12 Jahre währende Beziehung als Traumpaar beendeten, sich scheiden ließen und, das Wohl ihrer beiden 3- und 5-jährigen Söhne im Auge, die Öffentlichkeit um Respekt vor ihrer Privatsphäre baten. Die Sängerin hatte ihren Ehemann dabei ertappt, wie er genussvoll ein 25-jähriges Model vögelte (ohne in diesem Augenblick an das Wohl seiner beiden Söhne zu denken), sie hatte daraufhin eine Panikattacke erlitten und war ins Krankenhaus eingeliefert worden. Jetzt lebte er wieder in seiner Junggesellenwohnung, und sie bereitete sich traurig auf einen wohl weniger glamourösen Lebensabschnitt nach ihrer Menopause vor.

»SNAFU«, kommentierte Sonja nüchtern.

»*Die – Liebe – dauert – oder – dauert – nicht – an – dem – oder – jenem – Ort*«, schepperte Popper.

*

Niclas stand an der Reling und blickte sehnsüchtig auf das Meer hinaus. Immer blieb er ja mein geliebter, kleiner Bruder, mein viel bewunderter Fußballspieler und Klassenprimus, auch wenn er inzwischen ein junger Mann geworden war und mich einige Zentimeter überragte. Er sah sehr gut aus, 18-jährig, dunkelblond mit gelocktem Haar, dunklen Augenbrauen und blauen Augen. Sport und Bewegung hatten seine Figur geformt, er war braungebrannt von den Sonnenstrahlen, die in den schäumenden Wogen reflektiert wurden. Barfuß stand er an Deck, trug eine kurze blaue Jeans und ein weißes Hemd. Die jungen Frauen, die uns auf der Reise begegnet waren, hatten ihn leise angelächelt und sich mit einer Hand ihre langen Haare hinter das Ohr gestrichen, als sie seiner ansichtig wurden. Aber trotz seines guten Aussehens begleitete ihn auf dieser Reise keine Freundin, er war vorsichtig und betrachtete Frauen und Männer nachdenklich und zurückhaltend. Wenn er etwas als schlechten Stil empfand, wurde er schweigsam. Er war häufig schweigsam.

Ich trat zu ihm an die Reling. Wir beobachteten einen Schwarm fliegender Fische, der ruhig und koordiniert über den Ozean glitt, und wir verfolgten Delphine mit den Augen, die kurz unseren Schiffsrumpf begleiteten, um dann wieder in die Tiefe des Meeres abzutauchen. Ich blickte Niclas von der Seite an und nahm in seinen Augen, die er nicht von der Wasserfläche abwendete, Sympathie mit der Schöpfung wahr, und gleichzeitig eine tiefe Melancholie.

»Was ist mit dir?«, fragte ich ihn.

Er antwortete zunächst nicht, sondern blickte weiter auf das Meer und sog den salzigen Wind tief durch Mund und Nase in seine Lunge ein.

»Ich weiß es nicht, Tristan«, antwortete er irgendwann. »Ich muss an früher denken, an unsere Kindheit, an Vater und Mutter, die uns liebten, auch wenn wir es nicht so richtig verstanden haben. Wir waren Teil einer Familie, unser Vater ging mit uns in die Berge und unsere Mutter litt unter dem Altwerden, ohne dass wir dafür irgendeine Art von Verständnis entwickelten. Die Menschen sind eben schwach. Wir waren mitleidlos, Tristan. Sonja, du und ich – durch einen unerklärlichen Zufall haben ausgerechnet wir drei Popper erschaffen, und Popper ist stark. Er hat seine Schöpfer reich gemacht, hat sich mit unserer Hilfe über die Erde ausgebreitet und auf seine unergründliche Art eine Seuche in die Menschheit gejagt, die zwar bei weitem nicht so tödlich wie die Pest ist, aber trotzdem unsere ganze Jämmerlichkeit und Dekadenz offenbart. Eine lähmende Angst vor dem Tod hat sich unter den Menschen verbreitet, die lächerliche Haltung, dass es sich bei einer Naturgewalt wie *Clavivirus Schneideriensis* um eine Zumutung uns gegenüber handelt, um einen Affront gegenüber der Schöpfungskrone, gegen den wir uns mit aller Macht wehren und den wir im Keim ersticken müssen. Die Politik hat diese Angst genutzt, Wissenschaft und Denken wurden verstaatlicht, in hohle Phrasen verpackt, mit der Presse ausgespuckt, millionenfach verinnerlicht. Es ist dumm, Tristan. Wir sind natürlich nur ein winziger Teil der Schöpfung, nicht ihre Krone, und deshalb sind wir auch genau demselben Auf und Ab unterworfen wie andere Rassen vor uns und nach uns. Nenn' mir einen einzigen triftigen Grund, warum diese fliegenden Fische und Delfine oder irgendeine von den Mäusen, die auf unserem Dreimaster herumrennen, mit denen wir uns denselben biologischen Bauplan teilen, mit denen uns eine gemeinsame, irgendwie verzweigte Evolution verbindet, warum sie alle postmortal anders behandelt werden sollten als wir. Weil wir aufrecht gehen, sprechen und schreiben können? Weil wir an »Gott glauben«, und uns einbilden, irgendetwas zu verstehen? Wir verstehen nichts, Tristan, gar nichts, und je mehr wir wissen, je tiefer der wissenschaftliche Einblick in die Dimensionen der Schöpfung, desto größer unser Unverständnis, desto hilfloser unser Handeln. Wir benehmen uns schlecht, wir sind eine Rasse ohne Stil und Verantwortungsbewusstsein. Wir zerstören die Erde, indem wir sie konsumieren und nur unser eigenes, jämmerliches Schicksal im Sinn haben, feige, selbstsüchtig, egoman. Alles machen wir kaputt, die Luft, die Wälder, die Gletscher, die Ozeane, alles. FUBAR. Und am Ende machen wir uns eben selbst kaputt. Heben irgendwelche machthungrigen Affen auf den Schild, Menschen ohne Menschlichkeit, deren einziger Daseinszweck darin zu bestehen scheint, *pardon* Tristan, ihren rosaroten Schwanz in phantastische Weiten zu strecken, Menschen, die an jedem Untergang Freude haben, so lange es sich nicht um ihren eigenen Untergang handelt, narzisstische Politiker, Mörder, skrupellose Killer. Sie werden sogar bewundert, die Massen klatschen, ordnen sich unter und laufen hinterher. Das war seit Menschengedenken so, aber in der Vergangenheit blieb die Erde unberührt, die Schwerter der Römer, die Knüppel der Vandalen und die Handgranaten der Grenadiere konnten ihr nichts anhaben. Aber jetzt? Jetzt sitzt ein Psychopath an der Spitze eines der mächtigsten Länder der Erde und ist drauf und dran, ihr in der gegenwärtigen Form den Todesstoß zu versetzen.

»*Denn – alles – was – entsteht – ist – wert -– dass -– es – zugrunde – geht*«, schepperte Popper von der Takelage und hisste die Segel.

Niclas beachtete ihn nicht. »Er wird es tun«, fuhr er fort. »Das, was sich kein Mensch jemals wirklich vorstellen konnte, was immer nur in den Sphären der Fiktion thematisiert wurde, in *Science Fiction*-Kunst, in der artistischen Satire, es rollt als Realität auf uns zu: das Inferno, *the day after*, der globale Holocaust, die Apokalypse. Wir waren gewarnt, Tristan – Hiroshima, Nagasaki, Tschernobyl, Fukushima, wir waren gewarnt. Wir wussten um die destruktive Kraft unserer selbsterschaffenen Technologien, wir hatten sie vor Augen.

Aber wir haben es nicht vermocht, aus all dem unsere Lehren zu ziehen, unsere eigenen Interessen zurückzunehmen und die Interessen nachfolgender Generationen in den Vordergrund zu rücken. Schon in der *Clavivirus Schneideriensis*-Pandemie haben wir das nicht geschafft. Da wurden die Kinder eingesperrt, um die Erwachsenen zu schützen, um unsere vergreiste Bevölkerung noch ein paar Jahre älter werden zu lassen, unsere fetten, dekadenten Politiker vor gesundheitlichen Schäden zu bewahren. Sie, die eigenverantwortlich weniger essen und sich mehr bewegen könnten, die ihre Widerstandsfähigkeit gegen das Virus in Selbstüberwindung hätten trainieren können, haben wir bewahrt. Die zukünftigen Generationen aber, die durch das Virus gar nicht gefährdet waren, haben wir eingesperrt, verängstigt, den digitalen Welten in den Rachen geworfen und sie anschließend der Psychotherapie zugeführt, um unser Gewissen zu beruhigen. Das ist zynisch und verachtenswert. Bei einigen indianischen Kulturen gingen die Alten zur Zeit von Hungersnöten »in den Wald«, damit die Jungen von dem wenigen, verbliebenen Essbaren überleben konnten. Senizid. Wir hingegen haben die Kinder »in den Wald geschickt«, und wir schämen uns so wenig dafür, wie die katholischen Geistlichen sich für den sexuellen Missbrauch ihrer schutzbefohlenen Kinder schämen. Sie gehen stattdessen zur Beichte und lassen ihre Institution die Schmerzensgelder bezahlen. Die Absolution wird dann schon irgendwie erteilt. Es ist zynisch und verachtenswert, aber immer steht am Ende der Kollaps des Systems. Unser Heimatland zerbricht, Tristan, die Preise steigen, die Inflation zieht an, die Bevölkerung verarmt. Die Kirche als moralische Instanz erodiert, die Austrittsgesuche steigen exponentiell an, ihre obersten Vertreter sind zu erbärmlichen Psychopathen verkümmert.

Auch die Konsumierung der Erde, ihr schrittweiser, gefräßiger Verbrauch zugunsten der eigenen Wohlbeleibtheit, ist zynisch, verachtenswert und wird in einem globalen Kollaps enden. Wir versündigen uns an der Erde, ohne ihre Bedeutung wirklich erfasst zu haben, wir vergewaltigen sie und rauben sie aus. Und die unendliche Schönheit, die hier vor uns liegt (er wies auf das Meer), wird es bald nicht mehr geben.«

Niclas schwieg. Es war die längste Rede meines Bruders, an die ich mich erinnern konnte. Ein bunter Vogel landete vor uns auf der Reling und flog, als er uns bemerkte, wieder fort. Seine kurze Anwesenheit kündigte das nahe Land und das Ende unserer Schiffsreise an.

»Vielleicht bist du zu pessimistisch, Niclas«, sagte ich nach einer Weile. »Und außerdem können wir nichts dafür.«

Er sah mich an: »Ist das so, Tristan?«, fragte er. »Oder sind wir eben doch in Wirklichkeit die Erfüllungsgehilfen der Evolution, die das irdische Leben wieder einmal auf eine neue Stufe hebt oder senkt, je nachdem wie man es betrachtet? Sind wir die Erfüllungsgehilfen der finstersten Barbarei, die jetzt über die Erde hereinbricht, ähnlich wie in Zeiten der Völkerwanderung über Europa, nur eben globaler und endgültiger? Im frühen Mittelalter standen sie immer noch da, die griechischen und römischen Ruinen, und sie erinnerten die Barbaren an die Zivilisation. Aber heute? Was wird vom Menschenzeitalter bleiben? Von dem, was die Menschen eben auch ausmachte – neben Macht, Brutalität, Zynismus und Perversion – ihre Michelangelos und Van Goghs, Bachs und Mozarts, ihre Shakespeares und Goethes, ihre Einsteins, Gutenbergs, Watsons und Cricks, ihr Jesus und ihre Geschwister Scholls, ihre Peles und Ronaldos von mir aus. Von all den gigantischen Leistungen des menschlichen Willens eben, die bislang die Zeiten überdauert haben. Was wird von ihnen bleiben, wenn die Erde im nuklearen Winter versinkt, im Tiefschlaf der Apokalypse?

Ich schwieg.

»Vielleicht werden immerhin die digitalen Informationen bleiben«, beantwortete er sich seine Frage schließlich selbst. »Vielleicht werden weiterhin Datenträger existieren, auf denen die Informationen über das Menschengeschlecht in Kilobytes oder Yottabytes abgespeichert sind, im dualen Zahlensystem verewigt. Aber es wird niemanden mehr geben, dem sie gefühlsmäßig etwas bedeuten. Sie sind dann nur noch eine Matrix für Vervielfältigung, ein Lernobjekt für binäre Optimierung. Die Menschheit wird in digitalen Bildern archiviert sein, eine Rasse auf Zeit, die fest davon überzeugt war, dass es nach ihr nichts Besseres mehr geben könne.«

Ich ließ mich von seinem Pessimismus anstecken. »Digitale Bilder, die keiner mehr sehen will«, sagte ich betrübt.

Er nickte. »Vielleicht«, antwortete er. In der Ferne war ein dumpfes Grollen zu hören, wohl von einem gigantischen Gewitter, das sich dort entlud.

Warum – gabst – du – uns – die – tiefen – Blicke – Uns're – Zukunft – ahndungsvoll – zu – schau'n?«, schepperte Popper, und seine Augen leuchteten rot.

Uns'rer Liebe, uns'rem Erdenglücke Wähnend selig nimmer hinzutrau'n?«, antwortete Niclas leise.

Ich betrachtete die beiden überrascht. Niclas zuckte verächtlich mit den Schultern. »Es sind ganz einfach nur Literaturzitate, weiter nichts«, sagte er.

»Worte – Worte – Substantive – sie – brauchen – nur – die – Schwingen – zu – öffnen – und – Jahrtausende – entfallen – ihrem – Flug«, schepperte Popper.

»Nehmen Sie Anemonenwald, also zwischen Stämmen feines, kleines Kraut, ja über sie hinaus Narzissenwiesen, aller Kelche Rauch und Qualm, im Ölbaum blüht der Wind und über Marmorstufen steigt, verschlungen in eine Weite die Erfüllung – oder nehmen Sie die Olive oder Theogonien – Jahrtausende entfallen ihrem Flug«, konterte Niclas. Seine Stimme klang plötzlich monoton, vom Ballast der Empfindungen befreit, entmenschlicht, wirklichkeitsenthoben.

Als er geendet hatte, wurden unsere Ohren von einem tosenden Lärm erfüllt, das ferne dumpfe Grollen hatte sich langsam weiter aufgebaut und brach jetzt mit brutaler Wucht über uns herein. Wir drehten uns um. Eine riesige Flutwelle näherte sich unserem Dreimaster mit rasanter Geschwindigkeit. In großer Ferne, hinter dem Horizont, irgendwo in den unendlichen Weiten der Erde, türmten sich pilzförmige Strukturen gen Himmel. Aber wir nahmen diese nur noch aus den Augenwinkeln wahr, denn die Flutwelle brach im nächsten Augenblick tosend über unseren Köpfen zusammen. Ich spürte einen eisernen Griff um mein rechtes Handgelenk, spürte Sonja und Niclas in meiner Nähe und dazwischen Popper, der uns alle wie ein großer metallischer Krake umfasst hielt. Unser Dreimaster zerbarst, wir wurden als biologisch-technisches Konglomerat durch die Elemente gewirbelt, in die Tiefe des Meeres hinabgesogen und in die Luft geschleudert, in der wir kurz Atem holten. Wir tauchten dann wieder ins Wasser ab, rotierten um uns selbst und umeinander, wurden gefühlte fünf oder zehn Minuten von unkontrollierten Kräften gestreckt und gekrümmt, geschoben und gezogen – und kamen endlich zur Ruhe.

*

Ich erwachte an einer flachen Küste mit schwarzem Sand. Als ich die Augen öffnete, kroch eine große rote Krabbe über meine rechte Hand. Sie verschwand sofort unter einem dunklen Stein, als ich mich bewegte. Ich stand auf. Vor mir lag ein unheimlich stiller Ozean. Nie zuvor hatte ich ein so vollendet stilles Meer gesehen. Keine Wellen, kein Laut. Auch am Horizont, an der geraden Linie zwischen Wasser und Himmel, zeichnete sich keine einzige Kontur ab, gar nichts. Ich wandte mich um. Popper stand einige Meter entfernt, ein Schneemann im schwarzen Sand, eine Statue des Sieges, und betrachtete mich mit rot leuchtenden Augen. Ein unerklärlicher Gedanke schoss mir unvermutet durch den Kopf. »Er ist am Ziel«, dachte ich. Mein Blick wanderte weiter über den schwarzen Strand, und ich sah Sonja und Niclas einige Meter entfernt im Sand liegen. Auch sie schienen glücklicherweise unverletzt, sie erhoben sich langsam und blickten ebenfalls auf den Ozean. Dann drehte sich Sonja um, lief in meine Arme und küsste mich.

Sie blickte mich an: »Es ist so unheimlich still, Tristan«, sagte sie.

Niclas kam langsam auf uns zu, offenbar völlig unbeeindruckt von den Geschehnissen, und wies mit ruhiger Hand auf einen Pfad, der ins Landesinnere führte. Wir nickten und folgten seiner Aufforderung. Keiner von uns sprach ein Wort. Irgendetwas hatte sich grundsätzlich verändert, aber wir verstanden nicht, was es war. Wir durchquerten eine kurze Strecke Urwaldes, mit bunten Vögeln, Leguanen, Affen, Fröschen, die auf Bäumen saßen. Wir erkannten Ananaspflanzen und Kletterpflanzen mit Grenadilla, sahen Papayabäume voller Früchte. Kurzfristig kam mir die biblische Schöpfungsgeschichte in den Sinn, die ersten drei Kapitel der Genesis, besonders eben das letzte. Dann erreichten wir ein kuppelförmiges Gebäude, das schwarz und weiß gefärbt war und an Poppers Kopf erinnerte. Am Eingang prangte eine digitale Leuchtschrift:

BIOLOGICALLY ENHANCED SCIENTIFIC
INTELLIGENCE

stand dort in großen roten Lettern zu lesen. Popper 22022022 nahm uns in Empfang. Wir erkannten ihn an der Aufschrift über seinen schwarz funkelnden Augen. »*Welcome – to – the – conference*«, schepperte er. Wir traten in das Gebäude ein. Die Augen von Popper 1 leuchteten schwarz und rot im Wechsel. Es gab keine weiteren Kongressteilnehmer, aber alle Poppers der Erde waren offenbar über Tausende von *Screens* zugeschaltet. Man sah auf jedem *Screen* einen nummerierten Popper im Vordergrund und ein zerstörtes Gebäude im Hintergrund. Wir erstarrten. Im dunklen Hintergrund der *Screens* erkannten wir das *One World Trade Center* – in Trümmern, den Kreml – in Trümmern, das *Taj Mahal* – in Trümmern, *Notre Dame de Paris* – in Trümmern, die chinesische Mauer – in Trümmern. Um die Gebäude herum lagen verstreute menschliche Leichen, und zwischen den Leichen geisterten Sterbende umher, Verstrahlte, Verletzte, die ihre letzten Schritte taten, auf dem Eis des nuklearen Winters ausrutschten und qualvoll verendeten. Wir durften den Abgang unserer Rasse von der Erde *live* beobachten, durften zusehen, wie der Mensch sich und seine kleine Narrenwelt selbst vernichtete. Ein Screen zog unsere Aufmerksamkeit besonders auf sich. Hier stand Popper 17 mit rotglühenden Augen vor einem Berg im staubigen Dunkel der Zerstörung, der Berg schien halbiert, und schemenhaft war ein Schloss zu erkennen, ein ehemaliges Märchenschloss, das nun zu einem Geisterschloss mutiert war, an dem Menschen, Männer, Frauen, Kinder, Pferde und Hunde in Todesqualen ihre letzten, kümmerlichen Atemzüge verrichteten, bevor sie niedersackten und ihre Extremitäten von sich streckten wie zerschlagene Fliegen, schwarz, anonym und ungeheuer vergangen. Der Berg, den wir sahen, war der Säuling, jener Berg, der die Kulisse für den ersten Ausflug Poppers zu den Menschen geliefert hatte, und für unsere Kindheit und unsere Villa, für unser Leben als Bewohner des Allgäus von der Geburt an bis zum heutigen Tag.

»Alles – Vergängliche – ist – nur – ein – Gleichnis«, schepperte Popper 1.

Es gab kein Zurück mehr, das wurde uns schmerzhaft bewusst. Die Satellitenbilder fusionierten plötzlich und zeigten den kompletten Erdball, der von nuklearem Staub umhüllt war. Nur ein kleines Areal in der Südsee war verschont geblieben. Das Satellitenbild zoomte auf eine winzige Insel, auf der das kuppelförmige Kongressgebäude zu erkennen war. Es zoomte weiter in das Innere des Gebäudes, und wir sahen uns drei dort stehen, Sonja, Niclas und Tristan, die Schöpfer der biologisch ertüchtigen, künstlichen Intelligenz. Eine bildschöne junge Frau erschien plötzlich neben uns auf dem Screen. Wir drehten uns um, und da stand sie wirklich: groß, schlank, blond, mit dunklen, seltsamen Augen. Ich bemerkte, wie Niclas neben mir zitterte. Dann richtete er sich auf, strich die Haare zurück und lächelte. Sie lächelte ebenfalls und reichte ihm eine Papaya, in die er ohne zu zögern hineinbiss.

»Eritis – sicut – Popper«, sagte sie verführerisch. *»Scientes – bonum – et – malum.«*

Und ihre Augen leuchteten schwarz und rot im Wechsel.